眠れる森の夢魔

英国妖異譚SPECIAL

篠原美季

white heart

講談社X文庫

目次

イラストレーション／かわい千草《ちぐさ》

眠れる森の夢魔

序章

「売り切れ――？」

男は、焦っていた。

一年に二日。昨日か今日でなければ買えないのに、それがもう売り切れになってしまったなんて、そんなことがあっていいものだろうか。

男は、食い下がる。

「まだ昼前ではないか。店じまいには早過ぎるだろう」

「ふつうに考えたらそうなんだが、売るものがなければ、仕方ない。今朝は、侯爵様のところの使いがやってきて、あるだけの在庫を持っていったんだ。――ほら、今年はお姫様が成人なされるというので、お披露目の舞踏会などが盛大に開かれることもあり、ご婦人方のドレスを誂《あつら》えるためにも山ほどいるそうでね。お気の毒様」

「侯爵様の使い……」

がっくりと肩を落とす男を同情的に見やり、店の者が提案する。

「どうしても必要なら、隣町まで行ってみてはどうだい？」

「今から？」

「ああ。がんばれば、明後日《あさって》の夜までには戻ってこられる。——もっとも、侯爵様だけでなく、あちこちの城からも早馬が出ていると聞くので、このあたり一帯の店にあるものはすべて買い占められているかもしれんがね。ああ、いっそお城に行って、衣装係の者に譲ってもらえないか頼んでみるのも手かもしれない」

「衣装係……」

「とはいえ、このご時世、なかなか手に入れるのは難しいと思うが」

その一言は、男を絶望の淵《ふち》へと叩《たた》き落とす。

「難しいか……。だが、俺にはどうしても必要なんだ。ご主人様が奥様にプレゼントするためにも、たった一本でいいから」

深い溜《た》め息《いき》とともに、男はこぼす。

「ピンが欲しい——」

第一章　新年の贈り物《ストレナエ》

1

京都北部。

陰陽道《おんみょうどう》宗家として千年にわたって密《ひそ》かに栄えてきた幸徳井《かでい》家には、ここ数日、新年の挨拶《あいさつ》に訪れる客があとを絶たない。そのため、当主のみならず、跡取りである幸徳井 隆聖《りゅうせい》も対応に追われる日々であった。

なにせ家業が家業であれば、新年の挨拶もただそれだけにとどまらない。

一年の吉凶判断。

厄除《やくよ》け、厄祓《やくばら》い。

手間のかかる呪法《じゅほう》を施すためには予約が必要であったが、相手によっては、即日対応も必要だ。

ゆえに、年末から年始にかけては、猫の手も借りたいほどの忙しさであった。

その日も午後になり、来客の途絶えた一瞬の隙《すき》を突くように食堂まで腹ごしらえにやってきた隆聖は、向かいの席で善哉《ぜんざい》を美味《おい》しそうに食べている従兄弟《いとこ》のユウリ・フォーダムに視線をやって訊《き》き返す。

「――なにが売り切れだって？」

「だから、ピン」

善哉の中の餅《もち》を箸《はし》で伸ばしながら、ユウリが答える。

「ピンが売り切れてしまって、焦っていたんだ」

「夢の中で？」

「そう」

「誰が？」

「誰か、が」

答えにならない答えを返したユウリは、いとも幸福そうに餡《あん》まみれの餅を口にする。

濡《ぬ》れ羽《ば》色《いろ》の髪に煙《けぶ》るような漆黒の瞳《ひとみ》。

特筆するほど顔立ちが整っているわけではないが、とても上品で浮き世離れをした雰囲気を持っていて、さらにどことなくほのぼのとした愛嬌《あいきょう》も漂うことから、人は彼のそばにいることで心が癒《い》やされる。

まさに「歩く空気清浄機」のごとき存在であった。

そんなユウリが手にすると、ただの善哉が特別なものに見えてくるから不思議だ。それも、高級感が漂うというよりは、神への供え物のような神聖さを帯びるのだ。

その様子を眺めながら、隆聖がつぶやく。

「誰かが、ねえ」

正直に言えば、このくそ忙しい時になにをのん気に初夢の話を披露しているのかと文句の一つも言ってやりたいところであったが、言ったところで従兄弟の太平楽な性格は変わらないし、結局のところ、仕事に忙殺されている隆聖自身が癒やされる。

そこで、食後のお茶に手を伸ばしつつ、隆聖が尋ねた。

「で、結局、お前はなにを知りたいんや?」

「それは、どう対処したらいいのかなって……」

「対処?」

夢の話であれば、対処するもなにもない。

意味がわからないでいる隆聖に、ユウリが「だって、ほら」と言う。

「いちおう初夢だし」

「まさか、正夢として現実になるかもしれないと?」

「うん」

「アホくさ」

　起きてもいないことに、なにを悩んでいるのか。

　けんもほろろに応じた隆聖が、「仮に」と続けた。

「現実になったらなったで、ピンを見つけてやればええことやろ」

「それはそうだろうけど、どうやって？」

　なんの手がかりもなくピンを探すなど、まさに干し草の山から針を見つけるようなものである。

「知るか。起こってから考えろ」

「まあ、たしかに」

　のん気に納得するユウリを見やり、隆聖が呆《あき》れた口調で告げる。

「というか、さっきから思っているんだが、お前はここに俺の手伝いに来たのか。それとも、ただ善哉を頰張《ほおば》りに来ただけか」

　ユウリはほとんど修行をしておらず、決して術者ではないのだが、その霊能力の高さは隆聖をも上回るほどで、今日はまさに「猫の手」の一人として、主に隆聖の補佐をしに来ている。

「あ、えっと……」

　邪気なく首をかしげたユウリが、結論をくだす。

「両方?」

欲張っただけはあり、隆聖に無言で急《せ》かされても小豆《あずき》の一粒も食べ残さずに食したユウリは、「ご馳走様《ちそうさま》でした」と丁寧に手を合わせてから席を立つ。それから、待ちきれずに食堂を出ていってしまった隆聖のあとを追いつつ、「ただなあ」とつぶやいた。

ちなみに、ユウリの服装は至ってカジュアルで、白い紋付き袴《はかま》姿の隆聖に対し、白いジーンズに白いゆったりめのタートルネック、その上に丈の長い灰白色《かいはくしょく》のカーディガンをまとうというものであった。

それでも呪法を手伝えるのが、ある意味、ユウリのすごいところである。

「現実になるといっても、あれはおそらく過去の出来事、しかもかなり昔のことのような気がするし、だとしたら、予知夢ではなく、単に現実にあったことを夢に見ただけかもしれない。――言うなれば『過去夢』?」

そんな言葉がないことは知っているが、予知夢が未来と現在を繋《つな》ぐ夢なら、過去と現在を繋ぐのは「過去夢」である。

「なんであれ、誰かがピンを欲しがっていたのは、間違いない」

ただ、それがこの先、どう自分と関《かか》わってくるのか、この時点では、ユウリには皆目わからなかった。

2

一ヵ月後。

イギリス西南部にある全寮制パブリックスクール、セント・ラファエロでは、特にこれといったこともない平穏な一日が終わり、各寮《ハウス》にある食堂は、賑《にぎ》やかな夕食タイムを迎えようとしていた。

拘束時間の長い学校生活においては、生徒たちがもっとも解放され、且《か》つ食欲も満たされる至福の時である。当然、一日の中でももっともテンションのあがる時間帯であり、それは、食堂に響く寮生たちの元気一杯な声にもよく表れている。

たとえば、こんな会話とか——。

「社交界？」

「そう。今年から」

「すげえじゃん」

「いいなあ。僕たちには縁のない世界だよ」

「それで、君の叔父さんが、それをプレゼントしてくれたんだ？」

「うん」

「クリスマスでもないのに?」

「そう」

「あ、誕生日とか?」

「違うけど、『お年玉《エトレンヌ》』の代わりだと言ってた」

「エトレンヌ?」

「なにそれ?」

友人たちの突っ込みに対し、会話の主が説明する。

「よくわかんないけど、その人、ふだんはフランスに住んでいて、年明けに会った時はいつも、ちょっとした贈り物をくれるんだ」

「へえ」

そのすぐ近くでは、別の会話が展開していく。

「――あ、誰か、あとで数学の宿題見せて」

「それより、歴史のレポートの提出期限って、いつだっけ?」

「俺、まだテーマを決めてないんだけど」

「遅っ」

「俺はテーマは決まったけど、本を読むのが面倒くせえ」

「なら、ネット検索で済ませたら?」

「バカ。そんなの、その情報があっているかどうかなんて、わかんねえだろう」

（――たしかに）

近くのテーブルから聞こえてくる会話に心の中で同意してしまったユウリは、パンを取って小さくちぎりながら考える。

インターネットの中に広がる世界があまり好きではないユウリは、むしろ本と向き合う時間のほうを愛している。それには、それぞれの世界が持つ温度のようなものが関係しているのかもしれなかった。

喩《たと》えて言うなら、ユウリが日本で身を置いていた幸徳井家の神聖不可侵の領域と、現在彼がいるヴィクトリア寮における騒々しい生活環境――。それをそのまま、静謐《せいひつ》な本の世界と雑然としたインターネットの世界に当てはめることができそうだ。

下級生たちの会話が続く。

「でもさ、どうせ世界がネット頼りになっていくのなら、いっそのこと、宿題も、僕たちに代わってコンピューターがやってくれたらいいのに」

「丸投げ？」

「丸投げ」

「いいねえ」

「そうか？」

「少なくとも、今、この瞬間の俺にとっては、この上なくありがたい」

「だけどそれって、親に代わりにやってもらうのと変わんないし、とどのつまりが、機械が賢くなるだけで、君はバカになる一方だよ」

「誰が、バカだって？」

しだいに声が張りあがり、その場に険呑《けんのん》な空気が漂った瞬間――。

「うるさいぞ、お前ら。少し声のボリュームをさげろ」

ユウリの隣に座っていた体格のいい生徒が振り返り、彼らを一喝した。とたん、一触即発だった空気がしゅんとしぼむ。

黙り込んだ彼らを見まわし、その生徒が「あと」と付け足した。

「なんのための宿題か考えるんだな。――機械がやるなら、そもそも宿題を出す必要なんてないわけで、教えるほうだって手間が省ける」

つまり、学ぶ気のない人間に、教える必要はない――あるいは、教えるのはもったいないと言いたいのだろう。言い換えると、うだうだ言っている暇があるなら宿題を終わらせろということだ。

言いたいことだけ言ってこちらを向き直った生徒を、仲間が称賛する。

「さすがテイラー。貫禄《かんろく》が違う」

小柄で情報通のルパート・エミリの言葉に、褒められた当人であるマーク・テイラーが猪首《いくび》をすくめて応じた。

「単に身体《からだ》と声がでかいだけだろう」

ラグビーの名選手である彼は、事実、仲間うちでもひときわ大きい。

「いやいや。やっぱりスター選手の貫禄だよ」

数学の天才であるジャック・パスカルが分厚い眼鏡越しに尊敬の眼差《まなざ》しを向けつつ、

「にしても」と続けた。

「今日はなんか、あっちもこっちもボルテージが高そうだねぇ」

「せっかく、このところ、平穏な日が続いていたというのに」

「三日ともたない」

ロシア系移民のイワン・ウラジーミルが皮肉げに言った言葉に対し、テイラーが食べ物を口にしながら応じる。

「マグマ溜《だ》まりと一緒だ。平穏なうちに密かにエネルギーを溜めて、一気に噴き出す」

すると、一番奥の席にいたシモン・ド・ベルジュが、湯気をあげるコーヒーカップに手を伸ばしながら、「マグマ溜まりねえ」とおもしろそうにつぶやいた。

太陽の光を集めたように白く輝く金の髪。

南の海を思わせる澄んだ水色の瞳。

一寸の狂いもなく整った顔は、まさに神の起こした奇跡のようで、ギリシャ神話の神々も色褪《いろあ》せるほど麗しく高雅な生徒である。

　コーヒーを一口飲んだシモンが、言う。

「それは言い得て妙だし、結局、表面的には平穏に思えても、いつかは必ず爆発するということか」

「当たり前だ。ここをどこだと思っている」

　シモンの感想にテイラーが応じると、「え、でも」とルパートが異を唱えた。

「深淵《しんえん》な地球のエネルギー活動と、寮生活の日常茶飯事を同じに考えるのもなあ」

「たしかに」

　パスカルが同調し、ウラジーミルがそれを後押しする。

「冒瀆《ぼうとく》だ」

「そう?」

　シモンが応じる。

「僕は、そうは思わないけど。なにせ、古来、人の行いは天空の星々と連動すると考えられてきたんだ。曰《いわ》く、『上なるもののごとく、下なるものはあり』。——ああ、もっとも今の場合は、『下なるもののごとく、上なるものはあり』になるのか」

「なるほどねえ」

　納得してしまったルパートとは違い、それなりに博識なウラジーミルが「これはまた」

と皮肉げに返した。

「良識ある寮長様が、実は占星術にはまっていたとは驚きだ」

「別にはまってはいないけど、三千年だか四千年だかの歴史の積み重ねには、いつだって敬意を表するよ」

「敬意ねぇ」

疑わしげに応じたウラジーミルが肩をすくめてパスカルと顔を見合わせる。知り合ったばかりの頃のシモンからは考えられない柔軟さだと、その視線が語っていた。

実際、この一年くらいで、シモンは大きく変わった。

見た目や成績のよさなど、目に見える部分に変わりはないのだが、目に見えない部分が変化を遂げ、どこか余裕すら感じられるようになってきたのだ。

言い換えると、もののとらえ方の幅が広がった。

その原因に思い当たる節《ふし》のあったパスカルが、今度はシモンの前に座るユウリにチラッと視線をやる。

東洋風の顔立ちをしたユウリは、控えめでどこか神秘的な雰囲気を持っていて、こういった際の会話にも滅多に入ってくることはない。出会った当初は、それこそ言語的な問題もあったようだが、最近は英語での会話に不自由することもないようだから、根本的に出しゃばらない性格なのだろう。

おもしろいのは、彼の場合、聞いているようでまったく聞いていないこともあるし、聞いていないと思ったら、肝心なことはわかっていたりもする。

本当につかみどころがなく、それでいて、そばにいるとホッとした。

そんなユウリは、今も心ここにあらずといった様子でデザートを食べている。

彼らが在籍するセント・ラファエロには、中等教育にあたる第一学年から第三学年までの生徒と、大学受験のための二年間の教育期間である下級第四学年と上級第四学年の生徒がともに暮らしていて、ユウリたちは下級第四学年に所属する。

その下級第四学年は、本格的な受験態勢に入る上級第四学年に代わって寮内の統制を取る立場にあるため、日頃から勉強以外に受け持つ雑務が多い。

しかも、現在会話をしている彼らは全員「監督生」という役職についているため、さまざまな特権を与えられている代わりに多くの責任を負っていた。

そんな彼らを束ねるのが寮長であるシモンで、あらゆる場面で最終決定をくだす。

寮長の上には、最上級生である上級第四学年から選ばれる筆頭代表がいて、本来ならそちらが寮内で起きる問題のすべてに責任を負うべきなのだが、現在、その立場にあるエーリック・グレイは、なにかと責任逃れに走るきらいがあり、あまり頼りにならない。

畢竟《ひっきょう》、誰もがシモンを頼ることになる。

そして実際、頭脳明晰《めいせき》で問題への対処能力が高く、どんな重責でも楽々とこなせてしまうのがシモンなのだ。

と――。

それまで静かにしていたユウリが、ふと背後を気にするように振り返った。

気づいたシモンが「ユウリ、どうかした？」と声をかけようとしたところで、急に第三学年のテーブルで喧嘩《けんか》が始まった。

「なにするんだ、返せよ！」

怒声に、ガシャガシャッと食器がひっくり返る音が重なる。

それに呼応して、ワッとまわりの生徒が色めき立つ。血気盛んな年齢であれば、よその喧嘩は三度の飯より楽しかったりするからだ。

「やっぱり、始まったか」

マグマ溜まりが、噴火したのだ。

立ち上がったテイラーが、騒ぎのほうに足を向けながら首を振る。

「ったく、面倒くせえな」

その間にも、騒ぎはヒートアップしていく。

「返してほしかったら、ここまで取りにこいよ」

「ふざけんな。それはとっても高価なものなんだからな」

「それなら、大事に金庫にしまっとけばいいだろう」

「そうだ、やっちゃえ、やっちゃえ」

「――ちょっと、危ないって」

「おい、いい加減にしろ」

「止めんな、バーカ」

煽《あお》る者と止める者。

まわりがそれぞれの立場を取る中、言い合いが摑《つか》み合いに変わり、本格的な殴り合いに達しようとした寸前、振り上げられた腕を仲間の一人が摑んで止めた。

「おい、いい加減にしろ」

「なんだよ、オスカー、いい子ぶるな」

「ぶってねえよ」

せっかく仲裁に入っても、同じ学年同士では熱が冷めるどころか余計に騒ぎが大きくなりそうだった。

その様子を見て、遅れて席を立ちながらルパートがこぼす。

「う〜ん、殴り合いは勘弁してほしい」

「たしかにね」

同意しつつ立ち上がったシモンが、同じく席を立って騒ぎのほうに行こうとしたユウリの肩に手を置いて止めた。

「ああ、危ないから、ユウリはここにいて」

「え？」

ユウリも監督生であるため、それはまったく公平性に欠いた発言であるのだが、ユウリに対して過保護になりがちなシモンは、おそらく無意識だ。

当然、ユウリは従わない。

（そういうわけにはいかないし……）

高みの見物をすることで、彼自身がまわりからどう思われようと構わないが、シモンの名声に傷をつけるのは嫌である。それくらいなら、喧嘩に巻き込まれて顔に痣《あざ》の一つでもできたほうがマシだった。

そこで、すぐにあとを追ったユウリであったが、数歩も行かないうちに、足元に落ちていた金色に光るものを見つけて立ち止まる。

拾いあげると、それは細くて洒落《しゃれ》たスティック型のラペルピンだった。装飾品の少ない男性が、パーティーなどで服装に華やかさを添える時に使われるものである。

（だけど、なんで、こんなところにラペルピンが……？）

場違いな感じは否めない。

思うと同時に、なぜかユウリの頭に初夢のことが浮かぶ。

（そういえば、誰かがピンを探していたっけ……）

どうして、今そんなことを思いついたのかはわからないまま、彼は思う。

（ピンとラペルピン——）

その間にも、仲裁に入ったテイラーの野太い声が響く。

「ほらほら、なにやってんだ、お前ら」

「だって、こいつが——」

腕を振り上げながら言った生徒を、ウラジーミルが手首をつかんで押さえる。他にも煽っていた生徒をルパートやパスカルがそれぞれのやり方で鎮める中、歩み寄ったシモンが問う。

「うん、聞こうじゃないか、マーランド。どうしてこんな騒ぎになったって？」

その冷え冷えとした声で、あたりが水を浴びせられたように静まり返る。

「あ、えっと、ですから……」

シモンから名指しされてしまったマーランドが、身体を強張《こわば》らせながらしどろもどろに説明する。

「セルデンが、僕のラペルピンをいきなり振りまわしたから」

すると、テイラーに肩をつかまれていたセルデンが、「そんなの」と言い返す。

「エトレンヌかなにか知らないけど、勝手に見せつけて自慢しているからだろう」

シモンが小声で「エトレンヌ？」とつぶやくが、聞こえなかったのか、マーランドがすぐさま言い返す。

「自慢なんてしていない」

「自慢だろう」

「違う。僕は、ただ嬉《うれ》しくて――」

「見せびらかしに来たんだろう?」

「そうじゃない」

そこで、ふたたびいがみ合いを始めようとした二人をシモンが片手一つで止め、話を整理するように尋ねた。

「よくわからないけど、マーランド、君がラペルピンを持ってきて、みんなに見せたってことだね?」

「そうです。この前の週末に家に帰った時、ちょうど親戚《しんせき》が来ていて、今年社交界デビューすることになっている僕に『お年玉《エトレンヌ》』としてくれたんです。それがすごくきれいだったから、みんなにも見せたくて」

すぐさま、セルデンが言い換える。

「見せびらかしたくて」

シモンが人さし指をあげてセルデンを黙らせ、「なるほど」とうなずく。

「で、肝心のラペルピンは、どこにあるって?」

「だから、それはセルデンが」

とたん、セルデンが否定する。

「持ってない。さっき、誰かに投げたっきり――」

両手を開きながらの説明に、マーランドが「投げただって?」と真っ青になってあたりを見まわした。

「なら、どこかに落ちて壊れたんじゃ……」

ウラジーミルが、「おいおい」と皮肉げに応じる。

「やめてくれよ。これで、もし紛失なんてことになったら」

すると、輪の外にいたユウリが、「あ、それなら」とラペルピンを差し出して言う。

「これじゃないかな。――そこに、落ちていたんだ」

マーランドが、飛びつく勢いで応じた。

「そう。これです、これ。――よかった」

とりあえず、大問題にならなかったところで、シモンが少し離れたところにいた下級生の一人を呼ぶ。

「セイヤーズ」

その声に答えたのは、亜麻色の髪に薄緑色の瞳をしたとてもクールな印象の生徒であった。

「はい、ベルジュ」

「君の学年のことだから、あとは階代表《ステアマスター》である君に任せるよ」

「わかりました」

「ただ、一言言わせてもらえば、マーランド。盗難防止という観点から言っても、そういった華美なものは、必要がない限り学校に持ち込むべきではないね」

「はい。すみません」

「あと、セルデン。君たち二人の関係性がどうであれ、君に、一緒に学んでいる友人が大切にしているものを粗雑に扱う権利があるとは思えないのだけど、それについて、意見はあるかな？」

「――いえ、ありません」

さすがにシモンに対して反抗的な態度も取れず、セルデンが下を向く。

そこでようやく騒ぎに決着がつくと、そのタイミングを見計らったかのように、奥のテーブルにいた筆頭代表のエーリック・グレイが、仲間の監督生たちを引きつれてやってきた。そして、のうのうとシモンに声をかける。

「ベルジュ。問題はないか？」

「ええ。ありません」

「なら、よかった。――もし問題があれば、いつでも相談に来てくれ」

それはつまり、今はことなきを得たが、もし手に負えない問題が起きた時は自分たちに任せていいと、しっかり立場を上に置いている。ある意味、後出しジャンケンであり、手柄の横取りだ。

しかも、もし本当にそんなことになったら、絶対に逃げるのはわかっている。

それでもシモンは顔色一つ変えずに、にこやかに応じた。これこそが「社交」であると心得ているからだ。

「わかりました、グレイ。ありがとうございます」

「いや、いいんだ」

グレイたち一行が姿を消したところで、ルパートがからかうようにシモンに言う。

「ふうん。わかっちゃうんだ、シモン」

「そうだよ」

「さすが、大人」

それに対し、自分たちのテーブルの食器類を片づけに戻りながら、ウラジーミルが皮肉を言う。

「大人というより、仮面舞踏会の仮面って感じだな。むしろ、仮面の下の顔を想像すると空恐ろしいものがある」

「ひどいな」

肩をすくめて応じたシモンが、「もっとも」と付け足した。

「それが道化の仮面というなら、たしかに一理ある」

「道化の仮面？」

「うん。だって、あれだけわかりやすく後出しジャンケンをしてくれたら、むしろ、こっちは笑いが止まらないよ」

「なるほど」

　そこで忍び笑いをもらした仲間たちを見て、ユウリはちょっとだけグレイに同情してしまった。

3

食堂から部屋に戻る道々、シモンが隣を歩くユウリを誘う。

「そうだ、ユウリ。母が、彼女の御用達《ごようたし》である老舗《しにせ》チョコレート店のチョコレート菓子を送ってくれたんだけど、よければ、このまま一緒にどうだい？」

「え、いいの？」

「もちろん」

「なら、遠慮なく。――もしかして、シモン、今日は時間に余裕があるとか？」

寮長であるシモンは、毎日、自由時間もないほど忙しい。さまざまな会合がある上、ちょっとの間もジッとしていられない思春期の少年たちは、こうした自由時間にこそバカな騒動を引き起こし、その対応に追われる羽目になるからだ。

「うん。特に会合の予定はないから。……ただ、例によって例のごとく、突発的に席を外す可能性はあるけど、その時は、君一人でお茶とお菓子を堪能《たんのう》してくれたらいい」

「そんなこと言って、僕がお菓子を食べ尽くしてしまったら？」

からかうつもりで言ったことに対し、横目でチラッとユウリを見たシモンが、「それはそれで」と軽く片手を翻して応じる。

「母は喜ぶだろうし、君の気を引きたくて、次は妹たちが我先にと好きなお菓子を送りつけてきそうだ」

夏にロワール河流域にあるベルジュ家の城に招待されて以来、ユウリは彼の家の者たちのアイドルと化していた。

「え、それって嬉しいかも」

素直に喜ぶユウリのために、シモンが自室の部屋のドアを開けてやる。

その後、ソファーに落ち着き、セーブル焼の青いティーカップをソーサー付きで渡されたところで、ユウリが食堂での騒動を思い返しながら言った。

「そういえば、シモン。マーランドとセルデンって、昔はもっと仲がよかったように思うんだけど……」

ユウリの場合、それほど下級生の顔や名前を知っているわけではなかったが、そんなユウリですら、双子のようにいつも一緒にいる彼らの姿はよく見かけていた。

紅茶の入ったカップとソーサーを持ってソファーに腰をおろしたシモンが、うなずく。

「うん。――たしか、同じプレップスクール出身で、君の言う通り、入学したての頃は仲がよかったな」

「なのに、今日は、二人ともピリピリしていたね」

「そうだけど、実を言うと、今日だけのことではないらしい」

「そうなんだ？」

「セイヤーズの話だと、最近は、結構反目し合っているそうだから。──まあ、成績も含め、色々差が出てくる時期だし、君も知っての通り、第三学年は、それまでの大部屋から小部屋に移って個々人がかなり密な関係性になるだろう？」

「そうだったね」

「だからだと思うけど、今まで仲がよかった分、逆に些細《ささい》なことでぶつかってしまうのかもしれない」

「……なるほどねえ」

複雑そうなユウリの表情を見て、シモンが笑う。

「だからといって、なにも君が悩む必要はないだろう？」

「そうだけど……」

人の感情を受け取りやすいユウリは、彼らの複雑な心境にも同調して、困惑してしまうのだ。

そんな自分の気持ちを切り替えるように、ユウリが「それなら」と話題を変える。

「さっき、話の流れで『エトなんとか』って聞き慣れない言葉が聞こえたんだけど、あれってなんのことかわかる？」

「エトレンヌかい？」

「そう。それ」

そこで少し考え込んだシモンが、説明する。

「そうだな。日本語にすると、『お年玉』とかになるのかな?」

「『お年玉』?」

わかりやすい単語を聞き、ユウリが興味を示す。

「つまり、フランスにも『お年玉』の文化があるんだ?」

「厳密に言うと違う気がする。日本の『お年玉』って、新年に大人が子どもにあげるお金のことだよね?」

「うん」

「エトレンヌは、大人が子どもに——というより、多くは大人同士のお金のやり取りであって、たとえば、我が家では、年越しを城で働きながら過ごしてくれる使用人には、年明けにわずかだけど特別給金を渡すようにしているんだ。それが『エトレンヌ』と言われるものだし、他にも、新年かどうかにかかわらず、庭仕事を頼んだ時など、現場に来た人に対して、契約で支払った代金とは別にお金を渡したりするのも、『エトレンヌ』だな」

「へえ。——それなら、日本でいうところの『心づけ』に近いかもしれない」

「『心づけ』? そんな言葉があるんだ?」

頭に叩《たた》き込むように繰り返したシモンが、「もとは」と博識なところを見せて深く掘り下げる。

「古代ローマに遡《さかのぼ》る慣習で、イタリア語で『ストレンナ』、ラテン語だと、たしか『ストレーナ』とか『ストレナエ』とか言うんじゃなかったかな」

「ストレナエ?」

「うん。まさに『新年の贈り物』という意味で、こっちのほうが『お年玉』に近そうだけど、ただ、その時代は、上から下ではなく、下から上に貢ぎ物をすることを言っていたんだ。一説では、古い女神に関わる風習だったそうだけど、形骸化《けいがいか》したあと、カリギュラ帝なんかは、過酷なストレナエの取り立てで有名だったらしい」

「ふうん」

紅茶に口をつけながら、ユウリがおもしろそうに訊く。

「それが、いつ逆転したんだろう?」

「詳しくはわからない。ただ、本来、異教の文化に根差した慣習だったから、キリスト教社会では廃れてしまい、中世ヨーロッパの宮廷で復活した際、王や領主が家臣に配る『新年の贈り物』という形に落ち着いたようなんだ。ちなみに、ヘンリー八世の時代に、王がお気に入りのご婦人方に、『新年の贈り物』としてラペルピンを配ったことから、それが流行し、一大ブームを引き起こしたと聞いたことがある。そこから派生した『ピン・マネー』などの言葉も、今でこそ、日常使いのちょっとしたお金のことを指して言うけど、もとは、高価なラペルピンを買うために紳士方がお金を貯《た》めることを意味したという話だった。――まあ、一説に過ぎないとは思うけど」

「へえ」

チョコレートを口にしたユウリが、続ける。

「ラペルピンといえば、マーランドのラペルピンは、なかなか高価そうなものだった気がする。僕なんかも、ピンタイプのものなら、なにかの記念品をいくつか持っているけど、ああいうスティック状のものは持ってないなあ。――でも、もしかして、プレゼントとして案外メジャーだったりする？」

「どうだろう。男性に贈るアクセサリーとしては、たしかに、カフスボタンやタイピンと同じで、手軽に買えるというのはあるかもしれない。ただ、前者に比べると、圧倒的に使う頻度が低いから」

紅茶のお代わりを淹《い》れに席を立ちながら、シモンが続ける。

「それに、君に関していえば、人の多いパーティー会場のような場所は敬遠していると思うから、もらっても宝の持ち腐れになりそうだし」

いちおうイギリス子爵の長男であるため、所属すべき社交界はあるのだが、繊細で人混《ひとご》みの苦手なユウリの性質を知っている父親のレイモンドは、あえてユウリを社交界デビューさせようとは思わないらしい。

おかげで、煩わされずに済んでいる。

「でも、その様子だと、シモンは持っているんだ？」

「もちろん」

どうやら、腐るほどあるらしい。しかも、お城の衣装部屋には、宝石つきの高価なものや年代物のラペルピンがゴロゴロしているのだろう。

「言ったように、あまりアクセサリーを身に着けない男性にとって、正装に彩りを添えるラペルピンは便利なアイテムだからね。——あの様子だと、おそらくマーランドも、社交界デビューを前に一張羅《いっちょうら》を誂《あつら》えてもらったんだろうな。それで、親戚が、それに合わせたラペルピンをプレゼントしたんだと思う。要は、大人への第一歩のような感じかな」

「ふうん」

ユウリが、唇に拳《こぶし》を当てて考え込む。

だとしたら、ラペルピンを見せられたセルデンは、友人から置いてきぼりを食らったような淋《さみ》しさを味わった可能性がある。

悔しさ。

悲しさ。

怒り。

それで、あんな乱暴な態度に出てしまったのだろう。でも、それは言い換えると、相手への愛情の裏返しでもある。

「……なんか、切ない」

つぶやいたユウリであったが、少し離れた場所で紅茶を淹れ直していたシモンには届かなかった。

「――え、なんか言ったかい、ユウリ?」

「ううん」

ユウリは大きな声で否定し、ふたたび小声になって付け足した。

「……なんでもない」

冷たい二月の風が、そんな彼らのいる部屋の窓を時おり叩いていた。

4

その週の日曜日。

レポートを書くために必要な本を探しに図書館へとやってきたセルデンは、高いところにある本を取ろうと背伸びをして、よろけてしまった。

「うわっ」

はずみで落ちた数冊の本が、バサバサと音を立てて床に広がる。

しんと静まり返った空間にそれらの音は大きく響いたが、幸い、彼のいる場所が奥まった書架であったため、誰からも咎《とが》められずに済む。

セント・ラファエロの図書館は、この学校の創立者であるレント伯爵家の蔵書を基盤としているため、年代物の本も多数保有する。ただ、必ずしも高価とは限らず、中にはただ古いだけの資料もあって、それらは未整理のまま放置される形で中二階の奥の部屋にまとめられている。

セルデンが現在いるのは、まさにその区画で、ラテン語や古英語で書かれた日誌や備忘録を読みこなすことはできなかったが、読んだ資料の原典として挙げられているものがいくつかあるようなので、見てみたいと思ったのだ。

ただ、わざわざ来てみたものの、埃《ほこり》っぽいし、明かりも届かず薄暗い。その上、どこか冷え冷えとした感じもあって、決して居心地のいい空間とはいえなかった。

幽霊が出ると噂《うわさ》されるのも、うなずける。

慌てて本を拾いあげたセルデンは、梯子段《はしごだん》を引き寄せて登ると、空いたスペースに本を置き始めた。

一冊、二冊。三冊目まで並べたところで、彼は壁と書架の隙間《すきま》に、なにかが挟まっているのに気づく。

「あれ、これってなんだろう……？」

手を伸ばして引っ張り出すと、それは掌《てのひら》に載るくらいの箱だった。鍵穴《かぎあな》のついた革製の小箱で、なぜか細い鎖がグルグル巻きにかけられている。しかも、その鎖の先には鍵がぶらさがっていて、おそらくそれが箱の鍵であるのだろう。

つまり、盗難防止のための鍵なら、あまり意味がない。

（でも、それなら、なんで鎖なんかが巻かれているんだろう？）

訳がわからなかった。

不思議に思いつつ、セルデンは、ひとまず抱えていた本を本棚に戻してしまうと、近くの椅子《いす》に腰かけて小箱を検分する。

「ずいぶんと古そう……」

小箱の様子もそうだが、鎖もところどころ錆《さ》びついている。

いったい何が入っているのか。

好奇心を抑えきれなかったセルデンは、鎖を解くと鍵を使って蓋《ふた》を開けた。

その一瞬。

彼には、箱の中から蝶《ちょう》が飛び立ったようにも見えた。あるいは、灰色の煙のようななにか——。

同時に、密やかなざわめきが起きたようにも思える。

だが、それらすべては錯覚で、実際はなにも飛び立たず、ただ天鵞絨《ビロード》の布の上に一本のピンが置いてあるだけである。

「——ラペルピン？」

指でつまみあげて観察すると、少し太めのピンのヘッドにユリのような形の飾りがつき、その一部分に赤い宝石と真珠が象嵌《ぞうがん》されている。いわゆる「フルール・ド・リス」と呼ばれる意匠である。

しかも全体がくすんだ黄金色をしていて、おそらく磨けば輝きを増すはずだ。

「すごい。お宝じゃないか」

ピンの太さといい先がむき出しになっているところといい、かなりの年代物である。

問題は、どうしてそんなものがこんなところにあるのか、ということだ。

セルデンがつぶやく。

「誰かの落とし物という感じでもないし……」

むしろ、その昔、誰かが本棚のうしろに隠し、それが時を経て忘れ去られ、なにかのはずみで隙間に転がり落ちてしまった感がある。

「ということは、つまり」

その瞬間、セルデンの脳裏に危険な考えが浮かぶ。

「これはもはや誰のものでもなく、僕がこれを自分のものにしてしまったところで、気にする人間はいないってことだ」

そこで彼は、蓋を閉じ、鎖はその場に残して小箱だけを制服のポケットにしまった。

5

その夜。

セルデンは、夢を見た。

とても、官能的で背徳的な夢だ。

誰かが彼の身体をまさぐり、次から次へと煽り立てる。

彼の短い人生では味わったことのない快楽――。

いや、ふつうに生きていたら、これほどの官能を味わえたかどうか、まだ幼い彼にはわからない。

とにかく、行き過ぎた快楽が苦しみをともなうものだというのを、彼は初めて悟った。

終わらない、奈落《ならく》の底に落ちていくような感覚。

そうして幾度となく高みへと追いやられた彼の耳元で、女性の笑い声が響いた。

とても享楽的で邪悪な声だ。

やがて、自分のあげたあられもない声で目を覚ました彼は、我が身に起きたことが現実なのか夢なのかわからずに、混乱した。

それくらい生々しい感触が残された夢だった。

（――いったい、今のはなに？）

しんとする部屋の中で恥ずかしさと罪悪感に苛《さいな》まれながら震える彼の枕元《まくらもと》には、例の革製の小箱が蓋を開いた状態で転がり、半分ほど飛び出したラペルピンが闇夜《やみよ》に鈍く輝いていた。

第二章　夜ごとの悪夢

1

週明け。

シモンと食堂に降りてきたユウリは、扉を入ってすぐに足を止めた。その場に嫌な気配を感じたからだ。

（……なんだろう？）

身にまといつく重苦しい空気。

しかも、ただ重いだけでなく、なんとも穢《けが》れた、ふしだらともいうような淫蕩《いんとう》さを含んだ空気だ。そこにいるだけで自分の心身が邪気に侵されていくようで、ユウリは思わず回れ右をしそうになる。

だが、ちょうど朝食ラッシュの時間帯だったこともあり、そんなユウリの逡巡《しゅんじゅん》は他の生徒の迷惑となった。新たに友人と話しながら入ってきた生徒がユウリに気づかずにぶつかり、そのあおりを食らってユウリが前につんのめる。

その間、数秒。

よろめいたユウリの腕をシモンがとっさに摑《つか》んで引き寄せてくれたので転倒せずに済んだが、一歩間違えたらケガをしていただろう。

ぶつかった生徒が、文句を言う。

「なんだよ。そんなところにボサッとつっ立っているからだろう」

「すみません」

相手が上級生だったこともあってユウリが謝ると、シモンが横から言い返した。

「たしかに、立ち止まったこちらも悪いとは思いますが、そちらだって人の多い場所で前方不注意だったのは否めないでしょう」

「なんだと？」

気色《けしき》ばむ相手を、一緒にいた生徒が止める。

「おい、やめとけ」

その視線がチラッとシモンとユウリに向けられ、口早に「お互い、気をつけような」と言って友人の背を押すようにして二人を追い越した。その際、続けてこんな会話をするのが聞こえる。

「なんだよ、ベルジュを怒らせるな——ってか？　でも、いくらスーパースターだからって、相手はあくまでも下級生だぞ」

「そうだけど、そっちじゃない」

「そっちじゃない？」

「そう。下手にフォーダムに関《かか》わるなってこと」

「フォーダム？」

　意外そうに応じた生徒が、わずかにユウリのほうを振り返りながら訊《き》き返す。

「なんで、あいつが？」

「彼というより、彼を贔屓《ひいき》にしている人間のことだよ」

「それって、ベルジュではなく？」

「ベルジュもたしかにそうだけど、もう一人、うちの学年にもいるだろう、すこぶる厄介なのが」

「ああ、アシュレイか」

　その名前を口にしたあとで、彼はハッとしたようにまわりを見まわした。まるで地獄耳の悪魔が、その辺で聞き耳を立てているのを恐れているかのようである。

「……たしかに、彼とは関わりたくない」

「だろう？」

「あれ、でもそういえば、最近、彼の姿を見ないな」

「うん。寮《ハウス》にはいないらしい」

答えたあと、相手が声を潜めて「それで」と付け足す。

「もしかしたら、退学したんじゃないかって話も聞こえてくるし」

「退学か」

しみじみと言った生徒が、「でも」と言う。

「彼なら、退学しようがなにしようが関係なさそうだよな。——我が道を行く」

「だな」

一方。

ユウリの腕を放したシモンが、いちおう友人として忠告する。

「いつも言っているけど、ユウリ。人の多いところで急に立ち止まるのは危ないから気をつけて」

「うん。ごめん」

「わかってくれたらいいんだけど」

ただ、ユウリの場合、無意識の行動ゆえ、直すのはなかなか難しいだろうという諦《あきら》めもある。そして、そんなユウリだからこそ、自分がもっとまわりに気を配るしかなく、庇護《ひご》欲《よく》がどんどん強くなっていくのだ。

「それはそうと、ユウリ」

コーヒーのポットを持ち上げ、自分とユウリのカップに注ぎながらシモンが言う。

セント・ラファエロでは各寮に食堂があり、朝食と昼食は決まった時間帯であれば各自いつ食べに来てもよい。形式もセルフサービスで、人件費を抑えるという経営側の目的もあるのだろうが、朝の支度や準備などにかかる時間には個人差があるため、そのようになっていた。

昼休みも、然《しか》り。

食事にゆっくり時間をかけてもよいし、勉強に精を出しても、遊びに時間をかけても構わない。

重要なのは、自分で自分の時間を組み立てて過ごすということだった。

その代わり、夕食だけは一堂に会し、そこで必要な伝達事項などが寮長や筆頭代表から告げられる。昨今は一斉メールで済むことではあったが、上級生が威厳を示す場というのは必要であったし、人の話を聞くという習慣を身につけるためにも、伝達という行為は大切なことなのだ。

シモンが続ける。

「今週の自習時間の割り当てなんだけど、変更があって、君の負担が増えそうなんだ。構わないかい？」

「もちろん」

下級第四学年の寮長と監督生は、寮内の運営を任されていて、問題が起きた時の対処とともに下級生の勉強の面倒を見るという役割を担っていた。当然、それができるだけの優秀な生徒が選ばれるわけで、中でもシモンを筆頭に、成績が常に上位であるウラジーミルやパスカルは、主に学力レベルの高い第三学年を担当している。

対して、成績よりは面倒見のよさを買われて監督生になったユウリやテイラー、ルパートなどの面々は、初級クラスである第一学年を担当し、それらの中間となる第二学年は両者半々といった感じで受け持っている。

当然、下級生側もその違いを理解していて、ふだんから勉強の相談はパスカルやウラジーミルのところへ来ることが多く、生活面での困りごとはテイラーやルパートのところに持ち込まれた。

シモンが負担増の理由を説明する。

「生徒自治会《スチューデントソサエティ》執行部の臨時会議が増えて、僕が時間を取れなくなったからなんだけど、パスカルがその穴を埋めてくれることになったから、スライドする形で、彼が担当するはずだった第二学年の自習時間を君とルパートで埋めてもらって、それでも手が足りないようなら……、そうだな」

そこで言葉を止めて少し考えたシモンが、すぐに続けた。

「第三学年のセイヤーズとオスカーに頼むようにする。あの二人は成績優秀だから、第一学年の指導ならなんなくこなすだろう」

「ああ、そうだね」

うなずいたユウリは、心の中で付け足す。

（たぶん、僕よりずっと頼りになる）

シモンと違い、ユウリはセイヤーズやオスカーと直接話すことはほとんどなかったが、下級生の中でも目立つ存在である二人の優秀さはさすがに知っている。

話が終わったところで、二人は、食べ物の載ったトレイを手に仲間たちが座っているテーブルへと向かった。

2

（カエルが鳴いている……？）
ユウリは、夢を見ながら思う。
どこかで、カエルが鳴いている。
雪解けの水際。
冬眠から覚めたばかりのカエルが、生命のエネルギーを讃《たた》えるように――。
（いや、違う？）
そこに忍び込む違和感。
（鳴いているのではなく、泣いているのか――）
ユウリは、聞こえてくるものの声を理解しようと、夢の中で耳を澄ます。
なにが悲しくて、泣いているのか。
長い冬を土の中で死んだように眠り、眠りながら春を夢見る。
その夢に潜む悪夢が、カエルを苦しめているのだろうか。
ユウリには、わからない。
だが、カエルの鳴き声は、生命の繁栄を讃える喜びとは程遠い、生きることの儚《はかな》さや辛《つら》さ、残酷さに対する嘆きに満ちていた。

早春の朝まだき。

ハッと目を覚ましたユウリは、陽《ひ》がのぼる直前の静けさの中、ベッドからゆっくり身を起こして、額に手を当てた。

(今の夢は、なんだったんだろう……?)

なぜ、カエルの夢など見たのか。

もしかしたら、どこかで本当にカエルが鳴いていたのかもしれない。

今は物音一つしない静寂に満ちているが、夢は現実とリンクするというし、カエルが鳴いていた可能性は高い。

なにを思って、鳴いていたのか。

(あるいは、なにを悲しんで泣いていたのか……)

ベッドを降り、窓際に立ったユウリは、紺青《こんじょう》に包み込まれた景色を眺める。

夜でも朝でもない、この青い時間帯が好きな人は案外多いだろう。

ただ、いつもなら静謐《せいひつ》で聖性を帯びるこの時間帯にも、魔の気配が潜んでいる。

(いったい、どこから来るものなのか……)

数日前に朝の食堂で違和感を覚えて以来、ユウリは寮全体を包み込む、重たいエネルギーを感じていた。それは特に夜に強くなり、太陽の高さに合わせて弱まっていくような気がしている。

ただ、だからといって、悪いものが寮内を徘徊《はいかい》している気配はない。

夢のようにつかみどころがなく、それでいて確実にこの場を汚染しているなにかがいるのだ。

（こんな状態で、見つけられるだろうか……？）

最悪の事態が起きる前に、魔の根源を見つけ出してつぶすことができるのか。

その力が自分にあるかどうかはわからないが、できなければ、またなにかを失うことになるかもしれない。

ユウリの一番の恐怖は、それである。

失うことへの恐怖――。

大切な友人を失ってもう半年以上経《た》つが、まだ心の中にしこりがこびりついている。

悲しみより強いのは、後悔だ。

見えないものを信じきれず、逡巡した自分への後悔――。

だが、見えないものを信じることには、いつも不安がつきまとう。

闇《やみ》に溺《おぼ》れる不安。

不確かな世界で迷い、道を失い、二度と明るい世界に戻ってこられなくなる恐怖――。

明け方の冷え込みの中でブルッと身体《からだ》を震わせたユウリは、もう一眠りするためにベッドへと戻る。

戻りながら、思った。

(なんか、シモンの顔が見たいな……)

太陽のように明るくその場を照らしてくれるシモン。

その絶対的な存在感が、ユウリの不安定な心に拠《よ》り所《どころ》を与えてくれる。

シモンと出逢《であ》えた歓《よろこ》び。

彼との出逢いは、奇跡であり、且《か》つまた運命であったのかもしれない。

ただ、たとえこれが運命の出逢いであったとしても、ユウリの抱える不安の根源にあるものは、あくまでも自分自身との闘いであることをユウリは重々承知していた。

シモンは、闘うためのエネルギーを与えてくれるに過ぎない。

それでも、惜しみなく放出されるエネルギーが、ユウリの中に勇気と力を生み出していくのは間違いない。

(本当に、太陽みたいだ)

地球に存在する生きとし生けるものはみな、太陽の恵みを受けている。

燃え続ける太陽。

核融合を繰り返すオレンジ色の塊を頭の中に思い浮かべたユウリは、布団の中に潜り込み、冷えた身体を丸めて温めながら「とりあえず」とつぶやく。

「今日、時間があったら、カエルを探しに行こうかな……」

そうして、ユウリはポッと心の中に灯《とも》った温かさを抱きしめ、束《つか》の間《ま》の微睡《まどろ》みへと落ちていった。

3

（カエル、いないなあ……）

夢を見てからこの方、ユウリは時おり湖のそばのぬかるんだ場所などを探して歩いてみたのだが、カエルの姿を見るどころか、鳴き声すら聞いていない。

やはり、ただの夢に過ぎなかったのか。

（ちょっと、気にし過ぎだったのかもしれない——）

自習室のテーブルに頰杖《ほおづえ》をつきながらそんなことをぼんやり考えていたユウリを、誰かが呼んだ。

「……あの、フォーダム？」

反射的に顔を向けると、ノートを手にした下級生が立っていて、その姿を認識したとたん、ユウリは、現在自分が置かれている立場を思い出した。今は自習時間で、ユウリには第一学年の寮生たちの勉強を指導するという使命が課せられているのだ。

つまり、ボーッとカエルのことなど考えている場合ではない。

「あ、ごめん。ちょっと考え事をしていて」

ユウリは謝り、ノートを受け取りながら訊き返す。

「それで、どこがわからないって？」

「えっと、この計算問題が」

「ああ。これはね」

ユウリは、青のボールペンを指の背でクルリとまわしてから、丁寧に計算方法を説明していく。

ユウリの指導は丁寧でわかりやすいと、一部の下級生の間では定評があった。

ただその分、一人に対して時間がかかるため、こなせる人数は少なく、それは他の監督生が補う形で成り立っている。そのことを不満に思う生徒もいるようだったが、実際に負担するシモンやパスカル、ウラジーミルなどが文句を言わないため、誰も口出しできずにいた。

訴えたところで、シモンが受け付けないことを、みんなわかっているのだろう。

「あ、本当だ。できた！」

ユウリの前で一問解き終えた生徒が嬉《うれ》しそうに言い、ユウリも嬉しそうに応じる。

「よかった。じゃあ、同じような問題がこことあとこれもそうだから、解いてみるといいよ」

「はい。ありがとうございます」

ノートを持ってその生徒が自分の席に戻っていったので、ユウリは自習室を見まわしながら訊く。

「他は、大丈夫そうかな？」

　すると、一人の生徒が手を挙げて質問した。

「フォーダム。宿題とは関係ないんですけど、わからないことがあるから訊いてもいいですか？」

「もちろん。――僕にわかることならなんでも答えるよ」

　すると、その生徒は少し首をかしげてから、「最近」と切り出した。

「耳にしたんですけど、『夢魔《インキュバス》』ってなんですか？」

「『夢魔《インキュバス》』？」

　驚いたユウリが、目をぱちくりしながら繰り返す。

「『夢魔《インキュバス》』って、あの『夢魔《インキュバス》』だよね？　夢に出てくる」

　言いながら、自分の間違いに気づいて訂正する。同時に、自分がかなり焦っているのを意識した。

「違うな。出てくるわけではないのか」

　それから、困ったようにもう一度言う。

「『夢魔《インキュバス》』……？」

「そうです」

「え、そんな言葉、どこで聞いたの?」

「それは、みんなが噂《うわさ》していて——」

「噂?」

　すると、それまでユウリの混乱する様子をおもしろそうに眺めていた別の生徒が、

「しっ」とその生徒のことを止めた。

「もう黙れって」

「そうだよ」

　それから、止めた生徒がユウリに向かって言う。

「すみません。フォーダム。こいつがあまりにものを知らなくて、みんなでからかっていたんです」

「……そうなんだ」

　それでも、よりにもよってなんで「夢魔《インキュバス》」だったのか。

　ユウリは、そこが少し気になった。

　だが、追及するにも、他の生徒がノートを持って真面目《まじめ》な質問をしてきたため、ユウリはそっちの対応を優先するしかなかった。その目の端では、先ほど変な質問をした生徒のことを、他の生徒が肘《ひじ》で小突いたりしていたが、あくまでも友人同士の振る舞いの域を出る様子はなかったため、ユウリはひとまず放っておくことにした。

思春期を迎えた下級生を指導するのは、同じ思春期にある青少年にとって、なかなか厄介な場合が多い。共感はできても、まだ客観的な視点に立つほどには成長していないからだろう。

もちろん、深刻なイジメなど、監督生の手に負えない時は、寮監やセラピストの資格を持つ校医の手に問題を委《ゆだ》ねることになるが、この学校では、かなりの割合で生徒間で問題解決を図るようにしていた。それが、生徒たちの成長に繫《つな》がるのはわかっているし、見守る側は見守る側で、サポート態勢を強化する訓練にもなるのだ。

自習時間の終了を知らせる鐘の音とともに、下級生が我先にと出ていく中、ユウリは小さく溜《た》め息《いき》をつくと、とりあえず、「夢魔《インキュバス》」の質問の受け答えなどについて、あとでシモンに助言をもらおうと思いながら、自分も第一学年の自習室をあとにした。

4

「──ユウリ」

翌日。

午前中の授業が終わり、各教室から出てきた生徒でごった返す校舎の廊下を歩いていたユウリは、背後から呼ばれて振り返る。

そこに、ひときわ目立つシモンがいた。

神々しいほどに輝いて見える優美な立ち姿。

人混《ひとご》みをかき分けるまでもなく自然と道が譲られていく中、ユウリのところまで真《ま》っ直《す》ぐ歩いてくるシモンを、多くの生徒が憧《あこが》れの眼差《まなざ》しで眺めている。さらに、名前を呼ばれたユウリに対し、羨望《せんぼう》や嫉妬《しっと》の視線が向けられた。

敏感に察したユウリは、逃げ出したい衝動をそっと抑える。本来、こんな形で目立つことはしたくないのだが、シモンと親しい間柄でいたければ、避けて通れない試練であるのはわかっていた。

それに、耐え忍ぶ時間はそう長くは続かない。シモンがスッとユウリの隣に並んだとたん、そんないたたまれなさは消え去ってしまうからだ。シモンの強いオーラが、あらゆる負のエネルギーを撥《は》ね返してしまうのだろう。

　肩を並べて歩き出したところで、ユウリが尋ねる。

「シモン。今日は急いでいないんだ？」

　このところ、忙しそうにしていたシモンは、昼休みはとっとと一人で食事を済ませて生徒自治会執行部へと足を向けることが多かった。

「そうだね。——いい加減、僕も自由な時間が欲しいし」

　そこで一緒にお昼を食べることにした二人は、寮の食堂ではなく学生会館に併設されているカフェへと向かう。

　寮の食堂には決まったメニューが用意されていて、それらはすべて無料で食べることができる。親が支払う学費に含まれているからだが、さほど美味《おい》しいとはいえない食事に飽きた生徒は、懐具合に応じてカフェで昼食を取ることもあった。

　こちらは来客たちも使える営業目的のカフェであるため、それなりの値段はするが、その分、メニューも豊富でなにより美味しい。そのため、テストで成績がよかった時など、自分へのご褒美として使っている生徒もいるようだ。

　魚系の料理を選んだシモンに対し、ユウリはサラダをメインとする食事で、それを見たシモンが軽く首をかしげて尋ねる。

「そういえば、ユウリ。君、このところ、昼食はよくこっちのカフェで取っているそうだね？」

「ああ、うん」

「でも、君は、他の生徒と違って、薄味の寮の食事を気に入っているよね？」

「まあね」

「それなら、なんでカフェで食事をしているんだい？」

ユウリが、煙《けぶ》るような漆黒の瞳《ひとみ》を伏せて応じる。

「別に、たいした理由はないよ」

とてもそうは思えない様子に対し、シモンが水色の目を眇《すが》めて問い質《ただ》す。

「たいした理由もなく、カフェで食事を？」

「うん」

「それは、ちょっと君らしくない気がするけど」

「かもしれない」

小さく肩をすくめてサラダをつつくユウリに対し、シモンが身を乗り出して言う。

「ユウリ。もし心配事があるなら言ってくれないか。——いくら日々忙しくしているからといって、君の悩み事を放っておいてまで優先するようなことは、なにもこの身に負っていないから」

ユウリが、小さく苦笑する。

そんなはずないと、思ったからだ。

なにせ、シモンは「寮長」であり、さらに下級第四学年全体から三名だけ選ばれる「代表」として生徒自治会執行部にも名を連ねているのだ。それはつまり、個人の悩み事などにそうそう関わっている時間はないということである。

「心配事なんてないよ」

否定したユウリが、不審そうな表情でいるシモンに対して強調する。

「本当に、今のところ、具体的にはなにも」

ただ、理由がわからないまま寮の空気が穢れていくのがわかり、できれば外にいたいというだけのことである。

「でも——」

追及しかけたシモンの言葉を遮るように、「あ」と思い出したように声をあげたユウリが続ける。

「心配事ではないけど、ちょっと気になることはあったかもしれない」

「気になること?」

「うん」

そこで、ユウリは昨日の自習室での一件を話して聞かせた。

それを受けて、シモンが訊き返す。

「──『夢魔《インキュバス》』？」

「そう。それについて訊かれたんだけど、なかなかデリケートな問題だし、どう対処したらいいかわからなくて、シモンの意見を聞いてみようと思ったんだ」

「つまり、その生徒が『夢魔《インキュバス》』に悩まされていると？」

「あ、いや。ううん」

ユウリは、その時のことを思い出しながら応じる。

「そういう感じではなかった。──友だちに無知な部分をからかわれているだけみたいだったし、あの様子からして、もともと興味本位でそういう会話になったに過ぎないのだろうけど、そもそものこととして、なんでそんな会話になったのかって考えると、もしかしたら、表面には出てきていない問題があるのかもしれないなって……」

実際、ユウリがこのところ覚えている違和感と今回の「夢魔《インキュバス》」の話には、なにか関係があるのではないかという気もしている。あの場にいた生徒たちからは深刻な気配は感じなかったが、ユウリはなにかが引っかかっていた。

シモンが、少々不機嫌そうな顔つきになって「たしかに」と言う。

「思春期においては、デリケートな問題だね。──ただ、からかう対象は、その生徒だけではなかったのかもしれないな」

「え？」

意味がわからなかったユウリに対し、シモンが優雅に肩をすくめて答える。

「ああ、気にしなくていいよ、ユウリ。——それより、とりあえず、次にそんな質問を受けたら、迷わず、僕のところにまわしてほしい」

「シモンのところに？」

「うん」

「でも、それは……」

「なんだい？」

「いや……」

なんとなくではあったが、質問した生徒がかわいそうな気がしたユウリは、「う〜ん」と悩んだ末に、結論をくだす。

「ほら、忙しいシモンを煩わせるのもなんだし、そうだな、もし次があったら、まずはテイラーかルパートあたりに相談にのってもらうことにするよ。それで重大そうな問題であれば、シモンのところに持っていく」

それに対してはシモンも否とは言わず、結局そのあと、寮で喧嘩《けんか》騒ぎがあったことでシモンが呼び出され、ゆっくり話す機会はすぐに失われた。

5

人気《ひとけ》のない午後のひと時。

今ごろ、各寮の食堂は、アフタヌーン・ティーを取ろうとする生徒でごった返しているはずである。だが、第三学年のセルデンはそんな喧騒《けんそう》からは遠く離れた場所にいて、水際でなにかを探していた。

その近くでは、どこか眠そうなカエルの鳴き声がしている。

「どこだ？」

息を潜めて、そっと鳴き声のほうに近づきながら、彼は目を皿のようにして声の主を探しまわる。

「どこにいる？　早く出てこいよ」

そして、ようやく水草の間に茶色い姿を見いだした。

「いた！」

叫ぶと同時に、手を伸ばしてつかまえる。彼の動きを察したのか、カエルが水に飛び込もうとしたところを、間一髪、足をつかんで捕獲できた。

「やった、つかまえたぞ！」

彼は暴れるカエルを手の中で撫《な》でるようにしておとなしくさせてから、近くの石の上に腹を上にして押しつけた。

「ここしばらくどこを探しても見つからなかったから、マジでどうしようかと焦ったけれど、これで大丈夫だ。僕は生きていられる」

いったいなんのことであるのか。

セルデンはぶつぶつとつぶやきながら空いているほうの手で制服のポケットをさぐり、カッターナイフを取り出した。

そんな彼の制服の胸ポケットを、鈍く輝く金のラペルピンが飾っている。

「フルール・ド・リス」のヘッドを持つラペルピン。

それは、見ようによっては、手足を伸ばしたカエルのようでもあった。つまり、今、セルデンの手の下でもがくカエルそのものの形であるということだ。

カチカチカチ。

嫌な音を響かせて、セルデンの手の中で銀色の刃《やいば》が伸びる。

石の上に押しつけられた小さな身体は、すでに抵抗する力を失って手足をピクピクと動かすだけとなっていた。

そのむき出しになった腹に、ナイフの切っ先を突きつける。

それから手にグッと力を籠《こ》め、カエルの腹を切り裂きながら、彼は恍惚《こうこつ》とした声でつぶやいた。

「――これでようやく六匹目。あとちょっとで、すべてが終わる。あとちょっと」

6

その夜。

ヴィクトリア寮のそばを一人の青年が歩いていた。

闇に溶け込む青黒髪。

底光りする青灰色《せいかいしょく》の瞳。

丈の長い黒いコートをまとった姿は、まるで闇夜《やみよ》に現れた悪魔か死神を思わせる。

事実、部屋に高価な魔術書を持ち込み、その天才的な頭脳と博識ぶりから「悪魔の申し子」との異名を持ち、生徒ばかりでなく教師陣にまで恐れられている彼——コリン・アシュレイは、この学校の上級第四学年に属する生徒でありながら、制服も着ないでどこかをほっつき歩いていたようだ。

無断外出である上、消灯時間はとっくに過ぎている。

校則違反も甚だしい。

だが、傍若無人が板についたような性格をしている彼にとって、掟破《おきてやぶ》り、規則破りは当たり前で、どこにいようと、彼にとっては彼自身が掟であり従うべき指針であった。

その揺るぎない自信は、なににによるものなのか。

そんなアシュレイは、最上階にある自分の部屋に戻るのに、わざわざ鍵《かぎ》のかかった正面扉を通らず、ショートカットの道を選んだ。

ほぼ垂直の壁を、わずかな突起物だけを使ってよじ登るという手である。

ボルダリング施設のようなしっかりとした手がかりがなくとも、彼にとって、窓枠や雨どいなどがある壁を登るのは朝飯前のことであった。

そうしてなんなく自室に辿《など》り着き、窓を開けた瞬間――。

キーンと。

耳鳴りがすると同時に、寮内に女の嬌声《きょうせい》が響くのを聞いた。

その一瞬、窓を乗り越える足を止めたアシュレイは、すぐに造作もなく部屋の中に降り立つと、あたりを見まわしながら「なるほどね」とつぶやく。

「知らぬ間に、ここは『地獄の娼婦《しょうふ》たち』の巣窟《そうくつ》と化したか」

邪悪な気配。

見えないものたちの狂乱が、夜の静寂をかき乱す。

もちろん、アシュレイにはそれらのものを見分ける能力はなかったが、野生動物並みに勘が働くおかげで、その場に横たわる危険を察知していた。その上で、そうなるに至った事情も原因もいっさいわからないまま、なにがそれらの「悪」を惹《ひ》きつけたのかを想像し、一人悦に入る。

「まったくね」

口の端をあげてほくそ笑みながら、彼は頭に浮かんだ凜《りん》として涼やかな人物の名前をゆっくりと口にする。

「ユウリ・フォーダム。お前のおかげで、俺は本当に退屈しないで済むよ」

第三章　悪夢の拡大

1

週明け。

春めいた陽気に誘われて食後の散歩に出ていたシモンとユウリは、湖のそばで騒いでいる生徒たちの集団に出くわした。

曰《いわ》く。

「どうすんだよ、これ」

「すげえ、気味悪い」

「ていうか、お守りを探しにきたのに、これじゃあ、逆効果なんじゃないか？」

「つまり、僕たち、呪《のろ》われるってこと？」

そのまま通り過ぎてもよかったのだが、聞こえてきた会話の内容が気になり、顔を見合わせた二人は、彼らのほうに近づいていく。

小柄なので下級生だろう。

ただ、どの生徒の顔もユウリは見たことがないため、おそらくヴィクトリア寮《ハウス》の寮生ではない。

シモンが声をかけた。

「君たち、そこでなにをしているんだい？」

ハッとして振り返った生徒たちが、シモンの姿を目にして動揺する。彼の存在は、憧《あこが》れの対象として今や全校生徒に知れわたっているので、その反応は自然だ。

故《ゆえ》に――。

「うわ、ベルジュだ」

「なんで、ベルジュが？」

「本物！」

そんな感想めいた言葉は口にするものの、率先して返答しようとする者がいないのもうなずける。おそらく、圧倒されてできないのだろう。

察したユウリが、横から言い添える。

「大丈夫？　なにか問題があるようなら相談にのるよ？」

すると、凛《りん》として涼やかな声に癒《い》やされたのか、ホッとしたように肩の力を抜いた生徒の一人が、おずおずと説明し始めた。

「……あの、僕たち、カエルを探しにきたんです」

「カエル？」

その単語に引っかかりを覚えたユウリが、スッと煙《けぶ》るような漆黒の瞳《ひとみ》を翳《かげ》らせる。

（カエルか……）

思えばユウリ自身、ここしばらくカエルを探し歩いていた。

つまり、この学校では、今、カエル探しが密《ひそ》かなブームであるらしい。

だが、なぜなのか。

彼らも、カエルの夢を見たのだろうか。

シモンが、品よく首をかしげて尋ねる。

「また、なんでそんなものを探そうなんて思ったんだい？」

「それは……」

ふたたび緊張した様子を見せた生徒が、仲間と視線を交わす。もちろん、相手がシモンだから緊張しているというのもあるのだろうが、それ以外にも、説明に窮するなにかがあるらしい。

実際、すぐさま押しつけ合いが始まった。

「なあ、お前、言えよ」

「でも、いいのかな」

「だって、もう隠せないし」

「ていうか、なんで正直に言っちゃうんだよ」

「そんなこと言っても、ベルジュに嘘《うそ》なんてつけないし」

逡巡する彼らに焦《じ》れたのか、シモンが問いつめる。

「君たち、シェークスピア寮の生徒だね。——なんなら、僕からこのことを筆頭代表のマーロウに申し入れてもいいんだけど?」

「あ、いや」

「それはやめてください」

所属する寮を特定されてしまったことで焦った彼らが、正直に話し出す。

「えっと、僕たち、噂《うわさ》を聞いたんです。——な?」

仲間に確認を求める生徒に対し、他の生徒が同意する。

「そうです」

「それで、カエルを探さないといけなくなって」

「噂って、どんな?」

シモンが足りない部分を補うように質《ただ》すと、彼らはふたたび言いよどむ。

「それは……」

「えっと」

「なんと言うか」

言いにくそうにしばらく互いに肘《ひじ》で突《つつ》き合っていたが、やがて一人が意を決したように告げた。

「――ヴィクトリア寮に『夢魔《インキュバス》』が出るって」

「『夢魔《インキュバス》』？」

意外過ぎて虚を衝《つ》かれたように同時に訊き返してしまったシモンとユウリだが、その実、同じ単語を最近話題にしたばかりであったため、とっさに顔を見合わせてから、改めてシモンが尋ねる。

「そんな噂が広がっているとは知らなかったけど、だとしても、そのこととカエルがどう関《かか》わってくるのかがわからないな」

それに対し、先ほどの生徒が答えた。どうやらその生徒が、彼らの中ではいちおうリーダー格であるらしい。

「お守りです」

「お守り？」

「はい。『夢魔《インキュバス》』の被害に遭いたくなければ、カエルをそばに置いておくといいって」

「あと、『サンサンなんちゃら』というおまじないの言葉です。――正確なところは、忘れましたが」

「へえ」

感心したように応じたシモンが、チラッとユウリを見てから言う。

「初めて聞くけど、どこで知ったんだい？」

「ネットです」

「ネット……？」

それはかなり眉唾《まゆつば》な話だと思ったシモンだが、別の生徒が訂正する形で言った。

「ネットじゃないだろう。あれは、この学校の裏サイトだった」

「あ、そうか」

「裏サイト？」

「そうです」

この学校には正式な掲示板が用意されていて、学校側が出す知らせはそこに書き込まれる形になっている。前述したように、夕食の時間に口頭で告知されるのが先であるが、いつでも内容を確認できるように、あとから掲示板に書き込まれるのだ。

それとは別に、寮やサークル、各授業から個人的なものまで、私的ではあるが学校側から公認されているサイトも数多くあり、それらは有用なものとして、認証マークが掲載されることになっていた。

問題は、それ以外のサイトである。

認証マークのない各個人が思い思いにやっているサイトや掲示板も多数存在し、内容は玉石混淆《ぎょくせきこんこう》だ。そのため、近年、それらを監視するネットワーク監視チームが発足され、生徒自治会《スチューデントソサエティ》執行部の付属団体として活動している。

ただし、ひたすら悪口を書き込んでいるような裏サイトが見つかっても、基本的には放置する方針だ。集団生活をしている限り、人間関係の軋轢《あつれき》などでストレスが生じるのは否めず、そのはけ口は必要だと考えているからだ。

それに、なにか問題が起きた際には、それらのサイトから解決の糸口が見つかることもままあった。

とどのつまりが、必要悪である。

ただ、あまりに有害と思えるサイトは、学校側と生徒自治会執行部が協議した上で強制的に削除し、サイトの管理者は処罰の対象とされた。

シモンが、「それなら」と確認する。

「そこに、『夢魔《インキュバス》』に対抗するものとして、カエルが有効だと書かれていたんだね？」

「はい」

「で、肝心のカエルは見つかったのかい？」

尋ねたあとで、シモンが「さっき」と付け足した。

「『気味が悪い』とか『呪われる』などと言っているのが聞こえたんだけど」

「そうなんですよ！」

「それで騒いでいたんです！」

急に勢い込んだ下級生たちが、うしろを指さして続ける。

「僕たち、カエルはカエルでも、カエルの死骸《しがい》を見つけてしまって」

「死骸？」

「そう。しかも、惨殺死体です！」

「惨殺死体――」

なんとも物騒な単語を耳にし、シモンとユウリがしかめた顔を見合わせる。

「それは穏やかではないな」

「たしかに」

そこで、下級生たちが示した場所を見にいくと、叢《くさむら》の石の上に腹を裂かれた状態のカエルの死骸が置かれていた。しかも、殺されてから数日ほど経過しているのか、なかば干からびている。

すかさずスマートフォンを取り出して写真を撮ったシモンのそばで、下級生たちが口々に言う。

「ほら、気持ち悪いでしょう？」

「誰が、こんなことをしたのか」

「なんか、僕たち、呪われちゃうんじゃないかって心配で」

本気で心配している様子の下級生たちに、ユウリが宥《なだ》めるように言う。

「大丈夫だよ。見つけたくらいでは、呪われも祟《たた》られもしないから」

「……でも、やっぱり嫌な気持ちがします」

「うん。なんかうなされそう」

「これじゃあ、『夢魔《インキュバス》』にも対抗できないし……」

「まあ、そうか」

共感したユウリが、「それなら」と提案する。

「一緒にお墓を作ってあげよう」

それから、シモンを見あげて確認する。

「いいかな、シモン?」

「……ああ。いいんじゃないか」

答えながら、シモンは感心する。それは、彼にはない発想だったからだ。

もし彼一人なら、特に下級生たちの心のケアはせず、そのまま彼らを帰して、自分一人で事後処理をしただろう。

そのほうが、圧倒的に早いからだ。

それが、他の寮の下級生にも分け隔てなく親身になって接し、真っ先に彼らの気持ちを考慮して振る舞えるのは、さすがユウリといえた。

そのユウリが、シモンにも配慮を示して言う。

「あ、時間がなければ、シモンは先に戻ってくれていいよ」

「いや」

チラッと腕時計を見おろしたシモンが、答える。

「大丈夫。僕も弔いに付き合うよ」

そこで、シモンが見守る中、ユウリと下級生たちは協力して小枝で穴を掘り、切り裂かれた死骸を埋めてやる。さらに、それらの小枝を十字に組んでつる草を使って固定し、即席の小さな十字架を立てて、そこをカエルの墓とした。

「よし。これでいい」

だが、肝心なのはここからだ。

できあがった小さなお墓の前で両手を組み、ユウリが小さく唱える。

「天にましますわれらが父、ならびにめでたき成長を導きたる聖母マリア、どうぞ、いわれなき死を迎えたこのものの魂が安らかでありますよう――。アーメン」

ユウリが指で十字を切りながら祈ると、なぜか、一陣の風がさわやかに吹き抜け、その場に神の祝福があったかのような神聖さが漂った。

浄化――。

まさに、そんな言葉がぴったりくるような瞬間に立ち会い、我知らず感銘を受けた様子の下級生たちが、ユウリのあとに続いて十字を切りながら、自分たちも口々に祈りの言葉を唱える。しかも、その様子は、今までに唱えたどの祈りの文句よりも心がこめられているようだった。

「どうか、安らかでありますように。アーメン」

「天の神様、カエルの魂が安らかでありますように、アーメン」

「神様、カエルも僕たちも、みんなが安らかでありますように、アーメン」

それらの行為は、カエルのためであるのはもとより、ここにいる生徒たちの心まで癒やす結果となる。

そのことを示すように、下級生たちが誰からともなく言い合う。

「なんか、すっきりした」

「うん、これで大丈夫だね」

「そうだな。カエルもきっと今ごろ天国にいるよ」

そんな彼らの表情を見て、小さく微笑《ほほえ》んだユウリが言う。

「よかった。――ということで、そろそろ昼休みが終わる時間だから、寮に戻って午後の授業の準備をするといいよ」

「はい」

「わかりました」

そこで駆け足でその場を離れかけた彼らであったが、先頭の生徒がふと足を止めて振り返り、遅ればせながら礼を述べる。

「あの、ありがとうございました。フォーダム、ベルジュ」

他の生徒も追随する。

「ありがとうございます」

「ありがとうございました」

「うん。——いいから、ほら、急いで」

ユウリが言うそばで、シモンも手をヒラヒラと振って追い立てた。

最初はシモンにばかり注目していた生徒たちであったが、最後はユウリの存在をしっかり認識し、むしろシモンより先に礼を述べていた。それは、他でもない、ユウリの人柄によるものであり、そのことを誇らしく思いつつ、シモンは二人きりになったところで、ユウリのことも「さて」とうながす。

「僕たちも行こうか」

「そうだね」

歩き出しながら、ユウリが「それにしても」と言う。

「『夢魔《インキュバス》』の話が、他の寮の生徒にまで知られているとは思わなかった」

「たしかに」

ユウリがシモンにその話をした時は、二人ともまさかそこまで話が大きくなるとは思ってもみなかったのだ。

シモンが続ける。

「これは折を見て、少し聞き込みをしたほうがよさそうだな」

「うん。——それと、彼らが言っていたカエルについての書き込みというのもちょっと気になる」

「裏サイトか」

言いながら、シモンの脳裏に浮かぶ顔があった。

このところ学校で見なくなっていたその人物の姿を、今朝、誰かが久しぶりに見かけたと聞いた。

気まぐれで、傍若無人が板についたような性格をした生徒。

その上級生のことを思うと、シモンとしてはとても憂鬱《ゆううつ》な気分になるのだが、この先、避けて通れる相手ではないのもわかっている。

（アシュレイ——）

複雑な事情があって、本来なら新館にあるべきアシュレイの部屋は、現在、寮長であるシモンの部屋とユウリの部屋の間に位置している。

そのため、いれば、その存在は無視できない。

シモンはまだ彼の気配を感じていないが、はたしてユウリはどうなのか。

気になったシモンが、尋ねる。

「そういえば、ユウリ。アシュレイが戻っているという噂があるんだけど、君、彼が部屋にいる気配を感じる？」

「アシュレイ？」

首をかしげたユウリが、少し考えてから応じる。

「見かけてはいないけど、言われてみれば、寮内の重力のかかり方がわずかに変わったような気がしないでもない」

ユウリらしい言いまわしであったが、それはつまり、それまで無人だった隣室に、なにか存在感のあるものの気配を感じているということなのだろう。

（やっぱり……）

戻ってきたのだ。

シモンはその影響を意識しつつ、ひとまず日々の雑事をこなすことにした。

2

寮に戻っていると噂のあったアシュレイだが、夕食の席で姿を見ることはなかった。

それで、「アシュレイを見た」という話は眉唾だったのではないかという噂も新たに立ったが、他にも数人が彼の姿を目撃していたため、結局、この週末に一度戻ってきたにもかかわらず、ふたたびいなくなってしまったというところに落ち着いた。

まさに、自由気まま。

奔放にも程があるが、多大な寄付金のおかげかどうか、学校側はこのまま彼を卒業させるつもりらしい。

事を荒立てるより、そっと追いやりたい——というのが本音だろう。

アシュレイの不在にどこかホッとしつつ、シモンは、仲間たちに今日の出来事や、以前ユウリが自習室で体験したことをそれとなく話した。

「——ということで、下級生の間では密かに『夢魔《インキュバス》』の話が持ち上がっているみたいなんだけど」

「『夢魔《インキュバス》』ねえ」

豪快に食事をしていたマーク・テイラーが、すぐに応じた。

「そのことなら、俺の耳にも届いているよ。――というか、最近はそんな相談がやけに多い」

「そんな相談って、『夢魔《インキュバス》』の相談？」

シモンの確認に対し、テイラーがパンを持った手を振りながら答える。

「その単語を直接使うやつもいれば、夢の内容を具体的に話すやつもいた。――こっちとしては、正直、聞きたくもないんだが」

「たしかに」

苦笑してコーヒーをすすったシモンの斜め前で、サラダをつついていたルパートが「僕の場合」と報告する。

「直接相談されることはないけど、その手の話題で盛り上がっている集団をいくつか知っている」

「その際、『夢魔《インキュバス》』という単語は、出てくる？」

「出てくるよ。合い言葉みたいに、ね」

「へえ」

シモンが考え込みながら応じると、「ちなみに」とルパートが付け足した。

「割合としては、第三学年が多いかな」

「第三学年……」

ユウリが話を聞いたのは第一学年の生徒からであったが、情報通のルパートの言葉を信用するなら、発端は第三学年にあるのかもしれない。

その推測を、パスカルが補強する。

「そういえば、僕も第三学年の自習時間に、誰かがコソコソ話しているのを聞いた気がする」

「それは、いつ頃？」

「よく覚えてないけど、二月の上旬くらいかなあ」

「二月の上旬……」

繰り返したシモンが、「だとしたら」と言う。

「本当に第三学年に発端があると考えていいのかもしれないな」

パスカルが「なんなら」と提案する。

「ネットワーク監視チームのほうで、その単語をキーにして情報を集めようか？」

数学の天才であるパスカルは、チームのメンバーに選ばれ、しかもあっという間に特権パスワードを持つ中心的存在にのし上がっていた。

もちろん、チームは学校公認の存在であるので、あらたに監視対象とするものには学校側と生徒自治会執行部の許可が必要であったが、いざとなれば、裏ワザを駆使して密かに情報を引きだすことなど朝飯前なのだろう。

シモンが「そうだね」と言って少し考え込む。

「いや、やっぱりいいや。先に執行部のほうで議題にかけてみる」

緊急性もないことから正攻法を選んでいると、ウラジーミルが「それはそれとして、なあ、ユウリ」と話題をユウリに向けた。

「今後の参考までに聞かせてもらうと、君は、下級生にそんな質問をされて、なんて答えたんだ?」

「え?」

食事の手を止めたユウリが、真面目《まじめ》に答える。

「なにも」

「なにも?」

「そう。びっくりし過ぎて答えられずにいたら、彼らのほうで質問を撤回したんだ」

「なるほど」

納得したウラジーミルの前で、ルパートが横に座るテイラーに訊く。

「それなら、マーク。君は、相談者になんて答えるわけ?」

「決まっている」

応じたテイラーが、ルパートの背中をバンと叩いて告げた。

「『安心しろ。健全な証拠だ』って言う」

叩かれたルパートが紅茶を吹きだしそうになっていた向かい側で、パスカルが疑わしげに確認する。

「それだけ？」

「それだけ。あとは、そっち系談義を少し」

「でも、それで、相談者は納得するのかな？」

「してたさ。——彼らは、そんな夢を見たことに対する罪悪感や不安があるから相談に来るだけで、結局は共感してほしいだけなんだ」

あっさり結論をくだしたテイラーが「それより」と力説する。

「ユウリのところに、そんな相談を持ちかけてくるやつらのほうが問題だな」

「たしかに」

ルパートも同意し、みんながそろってうなずく中、一人納得がいかなかったユウリが「え？」と訊き返す。

「なんで？」

「そんなの、肉を買うのに八百屋に飛び込むようなものだから。——逆に言えば、『幽霊を見た』と相談されても、俺にはなんとも答えようがない。それこそ『夢だろう』の一言で終わっちまうよ。だから、夜、お化けが怖くてトイレに行けなくて、ついおねしょをしてしまうとか、その手の繊細な相談は、できればユウリに任せたい」

た。


「ああ、わかるな」

ウラジーミルが同意する。

「事務的な対処はこっちでやるにしても、根本的な問題の解消は、自分にはできかねる気がする」

「そうだね」

シモンも認めるが、テイラーが「幽霊を見た」と言った時は、わずかに表情を翳らせた。

テイラーを含め、仲間たちはユウリが絶大な霊能力の持ち主であることを知らない。

ただ、これまで一緒に過ごしてきた中で、ふだんから神秘的な雰囲気を持つユウリに対し、「もしかしたら、彼にはふつうの人には見えないなにかが見えるのではないか」という疑いは抱いているのだろう。

実際、ユウリなら、幽霊騒動が持ち上がった際には、根本的な解決が可能だ。

だからこそ、そんな彼の能力を利用しようとする人間を、シモンは極力排除しようとしてきたのだが、今のテイラーの言い分を鑑《かんが》みるに、それはむしろユウリの個性を殺すに等しい行為なのかもしれなかった。

ユウリにとって、どちらがより悪影響を及ぼすのか。

シモンとしては、悩ましい限りであった。

「とりあえず」

食後のデザートを食べ終えたところで、締めくくるようにシモンは言った。

「事の中心がこの寮にあるのは間違いないようだし、これ以上、問題が大きくなる前に話の発端が誰にあるのか突き止めることにしよう」

3

数日後の昼休み。

第三学年のエドモンド・オスカーが図書館に行こうと道を歩いていると、背後から呼び止められた。

「オスカー」

振り返ると、そこに同学年のマーランドがいる。

「ああ、マーランド。――なんかあった？」

二人はファーストネームで呼び合うような仲ではないが、だからといって互いを嫌ったりしているわけではない。ただ、どちらかというと友人とつるんでいたいマーランドに対し、オスカーは、基本的に個人行動を好む。

つまり、仲よくなるためには、その平行線をなんとかする必要があるのだろう。

マーランドが、ちょっとまごつきながら答える。

「あったというかなんというか……」

それから、窺《うかが》うようにオスカーを見あげて訊《き》く。

「ちょっと相談があるんだけど、少し時間を取れないかな？」

黒褐色の髪と瞳を持つオスカーは、背が高く、どこかおとなびた印象のある生徒で、同学年の中でも一目置かれる存在だ。

「いいよ。——もしかして、セルデンのことか？」

オスカーの確認に対し、マーランドが驚いたように訊き返す。

「え、なんでわかったの？」

「なんでって、お前らの仲がぎくしゃくしていることは、うちの学年では有名だからな。ただ、友人同士のいざこざなら、たぶん、俺なんかに相談するよりチャムに相談したほうが、いい解決方法が見つかる気がする」

温和な性格で人付き合いの上手な同級生の名前をあげたオスカーに対し、マーランドが「ああ、そっちじゃなく」と応じた。

「僕だって、ただの仲違《なかたが》いならチャムに相談するけど、今回、君に聞いてほしいのは、そういうんじゃないんだ」

「へえ」

そこで、ひとまず歩きながら二人は話し始めた。

「それなら、セルデンのなにが問題だって？」

「それがさ、あいつ、このところ変なんだよ」

「変って、なにが？」

「ちょっと言いにくいことなんだけど、その……、夜……、おかしな声をあげることが多くて」

少し頬《ほお》を赤らめながら下を向いたマーランドをマジマジと見て、オスカーが訊き返す。

「なんだ、それ。『夜、おかしな声』って言われると、なんかそっち系のことを考えてしまうんだが」

「うん。だから、『そっち系』の話だよ」

「ああ、なるほど」

自分の解釈が誤解ではないとわかって納得したオスカーが、「まあ」と額をコリコリと指でかきながら応じる。

「それは仕方ないいんじゃないか。俺たち、ちょうどそんなことにすごく興味が出てくる年頃なわけだし。とはいえ、ふつうはもっと、他のやつにはわからないようにこっそりやるもんだが……」

「だろう?」

強く同意したマーランドが、「ただ」と続けた。

「あまりにひどくて、この前、注意したら、彼、すごく取り乱してしまってさ。その様子からすると、どうもわざとではないみたいなんだよ」

「わざとではない?」

「たぶん。完全な自然現象というか……、ある意味、怪奇現象というか」

「つまり寝ている間に？」

「ぶっちゃけ、そう」

「てことは、止めようにも、本人の意図しない時に声が出てしまうのか……」

そこで、一旦《いったん》沈黙したオスカーが、「でも、だったら」と言う。

「お前が今言ったように、『自然現象』と思って目を瞑《つぶ》ってやればいいだろう」

とたん、憤慨した様子でマーランドが言い返した。

「もちろん、最初は気づかないふりをしてやってたさ。——だけど、この半月近くずっとだから、僕も同室のジェイクもさすがに参っちゃって」

「半月？」

「そう。——もちろん毎日ではないけど、結構しょっちゅうだよ」

「それは——」

「大変だな」という言葉を呑《の》み込んだのは、本当に大変なのが本人か、周囲の人間なのかがわからなくなってしまったからだ。

「え、もしかして、病気とか？」

「それも疑っている。ただ、これまでそういったことはいっさいなくて、本当にここ半月くらいに集中しているから」

「そうか」

最初はあまり真剣にとらえていなかったオスカーが考え込むと、マーランドが逡巡《しゅんじゅん》しながら、「でさ」と告げた。

「僕とジェイクは、前からずっと彼が『夢魔《インキュバス》』に取り憑《とつ》かれているんじゃないかって話していて」

「『夢魔《インキュバス》』？」

「そう。——いや、笑い事ではなく」

オスカーの表情を読んだマーランドが、少し怒ったように説明する。

「だって、夢でしょっちゅうそんなことになるなんて、そうとしか思えないし、彼、最近やつれてきているみたいなんだ。きっと、精気を吸われているんだよ」

「精気をねえ。——ああ、だから『怪奇現象』なのか」

少し前にマーランドが口にした言葉を思い出したオスカーに、マーランドが「うん」とうなずいてから続けた。

「それに、僕らが注意してから、彼、あまり眠らないようにしているみたいだから。最初は僕らも彼に対してイライラしていたんだけど、最近はちょっと心配になってきて。医者か、いっそのこと霊媒師とか祈禱師《きとうし》にでもみてもらったほうがいいんじゃないかって思っているんだ」

「祈禱師――」

軽く額を押さえたオスカーが、「なるほど」とうなずき、改めて尋ねる。

「セルデンに問題があるのはわかったよ。――で、このことをセイヤーズにはもう話したのか？」

「セイヤーズに？」

「ああ」

「まさか。話してないよ」

意外そうに否定したマーランドをいぶかしげに見て、オスカーが確認する。

「なんで？　第三学年の階代表《ステアマスター》はあいつなんだから、本来、あいつに相談するのが筋だろう？」

彼らが所属する第三学年は中等教育における最上級生となるため、同じ中等教育にある第一学年、第二学年、第三学年、それぞれの階代表がこの学年から選出され、各学年で起きた問題に最初に対処することになっている。

当然、同学年をまとめることになる第三学年の階代表がもっとも権力があり、よほどの問題がない限り、その人物が翌年、寮長に就任することになっていた。いわば、「エリートコース」というやつである。

ちなみに、オスカーは今期、第二学年の階代表を務めている。

マーランドが、少しうろたえたように応じた。

「いや、だって。あのセイヤーズにこの手のことを相談するのは、ちょっと……」

なにが「ちょっと……」なのか。

納得がいかなかったオスカーが、追及する。

「どうして、あいつがダメで、俺ならいいわけ？」

「どうしてって、あのセイヤーズだぞ？」

だから、「どのセイヤーズ」なのか。

やっぱり納得がいかずにいるオスカーに対し、マーランドが「相談しにくいに決まっているよ」と主張した。

オスカーが、妥協するように「まあ」と言う。

「たしかに、あいつは冷血な上に案外奥手で、この手の相談には不向きか」

「冷血というより禁欲的？」

訂正したマーランドが、「だから」と結論づけた。

「この手の下世話な話題は受け付けなそう」

「でも、俺だって似たようなもんだけどな」

オスカーが主張すると、マーランドが「またまた」と言って軽く背中を叩《たた》いた。

「オスカーには、どんな問題でも話せる。——たぶんみんな、そう思っているよ」

「どんな問題でも？」

「うん。守備範囲が広そうだから」

褒められたのか。

軽く見られているのか。

複雑な心境のままオスカーが「そりゃ、どうも」と応じていると、ふと前方に視線をやったマーランドが、「うわ」と巨大な蛇《アナコンダ》にでも出くわしたような声をあげた。

「あれ、アシュレイじゃないか？」

見れば、これからオスカーが行こうとしている図書館へと続く小道の前に、制服姿のアシュレイがいた。

「本当だ。やっぱり、戻ってきたんだ」

今週に入り、「戻ってきた」だの「いや、見間違いだ」だのと、その帰還について、噂が二転三転していたアシュレイだが、どうやら本当に戻ってきたらしい。

その姿は、遠目に見てもはっきり認識できた。

（もっとも、あの姿を見間違えるなんて、月が西からのぼるよりあり得ないことか）

皮肉げに考えているうちにも、その姿は小道のほうへと消え失《う》せ、マーランドと別れたオスカーも、あとに続くように図書館へと向かった。

4

翌日。

オスカーは、授業中にうっかり居眠りをしてしまい、罰として教室の後片づけを手伝う羽目になった。アウトロー的要素はあるが、頭がよく授業態度もさほど悪くないオスカーにしては珍しいことで、友人のセイヤーズなどは意外そうな顔をしていたものの、特に手を貸すわけでもなくさっさと行ってしまった。

おそらく昼食も待っている気はないだろう。

案の定、片づけを終えた彼が人のまばらになった寮の食堂に入っていっても、そこに友人の姿はなく、一人、お昼を食べながら、オスカーは少しイライラしていた。

(——まったく)

薄味のスープ。

パサパサに乾いたサンドウィッチ。

どれも決して満足感を与えてくれるクオリティではない。

さらに、友人のつれなさもカチンとくる。

だから、表面的にはそれらに苛立《いらだ》っているように思えるが、ものごとを奥底まで考えた場合、空腹はなによりのスパイスであったし、友人の薄情さもいつものことで、現在オスカーが不機嫌になっている真の理由は、別のところにあった。

そのことを、イライラしながら、彼は無意識に考えていた。

（本当に、なんだって俺まで……）

昨夜、オスカーは夢を見た。それも背徳感に満ち満ちたもので、目が覚めた瞬間、すごい倦怠感《けんたいかん》と罪悪感に苛《さいな》まれてしまったのだ。

それで寝つけなくなり、睡眠が十分とれないうちに朝になった。

居眠りの原因も、それだ。

（間違いなく、おかしな相談をされたからだろうけど、それにしても――）

嫌な気分である。

自分がそれほど人の影響を受けやすいタイプであったというのは驚きだし、それよりなにより、似たような体験をして初めて、相談された内容を甘くとらえ過ぎていたかもしれないと反省する。

一度見ただけでも、こんなにどんよりした気分になるのに、それが断続的に続き、しかも、顕現している状態をルームメイトから指摘されたりしたら、恥ずかしくて逃げ出したくなるだろう。下手をしたら、苦しみから逃れるために、最後は自殺くらい考えるかもしれない。

第三者は茶化したくなるような問題でも、当人にとってはなかなか深刻な状況であるといえよう。

ただ、そうなると、相談する相手も慎重に選ぶ必要がある。

思考を巡らせるオスカーの目の先に、昼食を終えて食堂を出ていこうとしているシモンとユウリの姿があった。おそらく多忙なシモンに合わせたせいで、ユウリもこんなに遅いランチとなったのだろうが、いつ見ても仲睦《なかむつ》まじげな二人である。なにもかもが正反対であるのに、まるで太陽と月のように寄り添う姿がしっくりくる。

そんな二人のことを目で追いつつ、オスカーは思った。

（やっぱり、この手の相談は、ざっくばらんで細かいことを気にしないテイラーあたりに聞いてもらうのが安心できていいと思っていたけど、実は案外、フォーダムのような繊細そうな人間のほうが向いているのかもしれないな）

オスカーは、特にユウリと接点があるわけではなく、これは、いわば直感のようなものであった。

他者の心に寄り添える人間に聞いてもらう必要がある。

少なくとも、今現在、オスカーの中で、マーランドから持ち込まれた相談内容が、実は当初の「なんだそりゃ」的案件ではなく、とてもデリケートな対応を求められる重大事件である気がしていた。

（……セルデンのやつ、大丈夫か？）

オスカーは、真剣な表情になって思う。

考えてみれば、「夢魔《インキュバス》」は、ただの夢ではなく悪霊が見せる夢である。つまり、そこには心身への悪影響が存在し、最後は命を取られてしまいかねない。

（もちろん、魔の存在を信じたとしての話だが……）

そこで食事を終えたオスカーは、スマートフォンを取り出して、ひとまず「夢魔《インキュバス》」について調べてみる。すると、かなりの数のサイトがヒットしたが、どれも似たりよったりの内容で、なにかからの引き写しか、拡大解釈したもののようにしか思えなかったため、すぐにスマートフォンをテーブルの上に伏せて、考え込んだ。

（やっぱり、正確なことを知りたければ、図書館で資料をあたるしかないか——）

と。

そんなことを思うオスカーの耳に、近くにいた下級生たちの話し声が聞こえてきた。第二学年の生徒たちで、彼らの階代表《ステアマスター》を務めるオスカーにはよく知る面々ばかりだ。

「やっぱりさ、今日の自習時間にフォーダムに言ってみようよ」

「でも、なんて言うんだ？」

「それは、正直に、カエルが死んでいましたって」

「そんなの、言ったところで、『だからなに？』って話じゃん」

「たしかに。カエルの死骸なんて、ほっとけば、そのうち土に還《かえ》るしね」

「そうだけど、なんかあんな状態だったから気味が悪いし、他の上級生が鼻であしらったとしても、フォーダムならきっと親身に相談にのってくれると思うんだ」

「まあ、そうかもしれない」

「フォーダム、優しいから」

「それなら、話すだけ話してみるか」

そんな内容を聞きながら頭痛がしたように額を押さえたオスカーが、席を立って彼らの前まで歩いていく。

「──おい、お前ら。今、話しているのが聞こえたんだが、くだらない案件を監督生のところに直接持ち込むなよ」

「あ、オスカー」

「うわ」

「びっくりした」

歳《とし》は一つしか違わないが、同級生の中でもおとなびて見えるオスカーの貫禄《かんろく》に押された下級生たちが、慌てふためいて応じる。中にはコップを倒してしまった子もいて、紙ナプキンで拭《ふ》きながら答えた。

「ごめんなさい」

「でも、僕たち、校舎のほうから戻ってくる時にカエルの死骸を見つけてしまって、どうしようかって悩んでいたんです」

「そう。それで、フォーダムならきっと相談にのってくれると思って」

説明の途中で「だから」とオスカーが切り込む。

「そこなんだよ。いくらフォーダムが親切でも、彼は監督生なんだから、彼のところに持ち込む前に俺やセイヤーズを通すのが筋だろう。――たとえ、フォーダムが親身に対応してくれたとしても、そんなくだらないことを監督生にやらせたとベルジュに知られたら、お咎《とが》めは階代表《ステアマスター》であるこっちに来るんだからな」

「あ、そうか」

そこまで考えていなかった様子の彼らが、「それなら」と問う。

「どうしたらいいと思いますか？」

「どうしたらって、そのカエルの死骸を？」

「はい」

訊かれて一瞬「ほっとけ」と言いかけたオスカーだったが、下級生の次の言葉で気が変わる。

「本当に気味の悪い死骸で、腹をナイフで裂かれていたんですよ」

「――なんだって？」

たしかに、それは尋常ではない。

この学校に、現在、カエル殺しの犯人が潜んでいるのだ。

表情を引き締めたオスカーが、「わかったよ」と言う。

「それで、そのカエルの死骸はどこにあるって？」

「湖のそばの水溜《みずた》まりに」

「よし。すぐに案内しろ」

そこで彼らは連れ立って、カエルの惨殺死体のある場所へと出かけていった。

5

一方。

食堂を出たシモンとユウリは、ちょっと前までお昼を一緒に食べていた仲間たちとの会話を反芻《はんすう》していた。

「やっぱり、『夢魔《インキュバス》』の話の出所は、第三学年で決まりみたいだね」

彼らと問題を共有して以来、それぞれが特技を生かして情報を集めてくれたおかげで、その点はほぼ確定となったのだ。

「そうだね」

うなずいたシモンが、「あとで」と言う。

「第三学年の階代表《ステアマスター》であるセイヤーズに、なにか情報が届いてないか、聞き取りをしてみるよ」

「うん」

そのあたりはシモンに任せておけば大丈夫だと思っているユウリが、ひとまずうなずいてから「でも」と感想を述べる。

「この手の話って、ちょっとセイヤーズにはしにくいイメージがあるよね」

もちろん、ユウリはセイヤーズと直接話すことはほとんどなかったが、あの知的な薄緑色の瞳を前にして、はたして「夢魔《インキュバス》」がどうのなどと話せるものだろうか。

——少なくともユウリには無理である。

「たしかに」

認めたシモンが、続ける。

「テイラーも前に言っていたし、『餅《エキスパート》は餅屋《ノウズ ベスト》に』と考えれば、聞き取りの相手は別にいるかもしれないな。——事実、僕のところには相談があがってこなかったわけだし」

「そうだよね」

「まあ、セイヤーズ以外にも訊いてみるよ」

言いながらポケットから着信音の鳴ったスマートフォンを取り出したシモンが、画面を開くなり美しい眉《まゆ》をひそめてつぶやいた。

「——また、なにを言っているんだか」

その口調に呆《あき》れと愛情をかぎ取ったユウリが、横から尋ねる。

「なにか、トラブル？」

「いや」

スマートフォンをヒラヒラと振ったシモンが、「このメール」と説明する。

「ロワールにいる双子の妹たちからで、今週末、グラストンベリーにある天然由来のコスメヤグッズを扱っている店が、来店者限定でルームミストを売るらしく、予約はしたから買ってきてほしいというんだ」

「へえ」

興味を引かれたユウリが、身を乗り出して言う。シモンの双子の姉妹であるマリエンヌとシャルロットは、天使のように愛らしく、ユウリも大好きな二人だ。

「それは、行かないとダメだね」

「え、なぜ《プルクワ》？」

フランス語のメールを読んでいたせいか、とっさに母国語になって訊き返したシモンが英語に戻って断言する。

「行かないよ」

「そうなんだ？」

それこそ、「なぜ？」と思ったユウリが、言う。

「でも、近いんだから、買いに行ってあげてもいい気がする。予約してあるんだよね？」

「うん《ウィ》。こちらの都合も訊かず、勝手にね。だから、頭にくるんだ」

まさに兄妹喧嘩《げんか》のような言い分を聞き、家族に対してはシモンも案外子どもっぽいんだと思ったユウリが、笑いを堪《こら》えながら応じる。

「たしかにそうかもしれないけど、それだけにきっとすごく欲しいんだろうし、なんなら僕が買いに行ってこようか？」

「また、そういう甘いことを――。そもそも、ユウリに買いに行かせるくらいなら、僕が自分で行くよ」

呆れたように応じたシモンだったが、その提案を頭の中で吟味したらしく、すぐに「ただ、そうか」と考えを翻した。

「もし君が一緒に行ってくれるのであれば、週末、久しぶりにグラストンベリーまで散歩に行くのも悪くないな」

その計画は、ユウリにしてみても最高に思えたため、嬉《うれ》しそうに言う。

「もちろん、僕でよければいくらでも付き合うよ」

心底喜んでいる様子のユウリを見て、シモンもすっかりその気になって告げた。

「なら、決まりだな。双子の言いなりになるのはちょっと癪《しゃく》だけど、いい機会だし、たまには外で思いっきり羽を伸ばしてこよう」

第四章　犯人捜し

1

週末。

朝食を食べに降りてきたユウリとシモンが普段着とは違う恰好《かっこう》をしているのを見て、その場にいたウラジーミルとパスカルがコーヒーを飲みながら口々に言う。

「これはまた、おめかしをして」

「もしかして、このあと、外出？」

「そう。――ちょっと、僕の家族の用事でグラストンベリーまで」

シモンが答え、さらにユウリが「僕は」と付け足した。

「付き合いついでに、買い物を」

事実、あのあと、目的の店を調べた際、せっかくだからと、ユウリも離れて暮らす姉と自分用にルームミストの購入予約を入れておいたのだ。

　ウラジーミルが言う。

「グラストンベリーに行くなら、どこかで塩味のプレッツェルを買ってきてくれないか?」

「いいよ。スナック菓子のやつだよね?」

「そう。うちの売店に置いてくれたらいいのに、リクエストしてもなかなか通らない」

　二人がのほほんとそんな会話をしていると、慌ただしく食堂に入ってきた筆頭代表のグレイが、シモンの姿を見るなり、いきなり告げた。

「ベルジュ。このあと、執行部で緊急会議をすることになったから、そのつもりでいてくれ。――いいな」

「は?」

　顔をあげたシモンが、はっきり断る。

「よくないですよ。こちらの都合も訊《き》かずに、なにごとです?」

「都合って、なにか用事があるのか?」

「ええ。今日は一日、グラストンベリーまで外出予定です」

「グラストンベリー?」

　繰り返したグレイが、どうでもよさそうに言う。

「そんなの、ただの買い物かなにかだろう。言ったように、こちらは緊急だ」

頭ごなしに言われ、カチンときた様子のシモンが水色の瞳《ひとみ》を冷たく光らせる。

「ただの買い物だとしても、外出許可を取ればどこに行こうとこちらの勝手ですし、週末をどう過ごすかだって、僕には自分で決める権利があるはずです」

あらかじめ会議の予定が入っていたのならともかく、これはさすがに理不尽だ。

シモンの毅然《きぜん》とした態度に、少しうろたえたグレイが、「たしかに」と認めた。

「君の言う通りだが、何度も言うように緊急なんだ」

それから、ユウリたちを気にするように見たため、ウラジーミルが皮肉げに応じる。

「なんなら、俺たちは外しましょうか？」

すると、グレイがうなずく前に、シモンが「彼らは」と主張した。

「いわば、僕の参謀です。不用意に秘密をもらすような人間でもないし、なにか理由があるなら、今、ここではっきりおっしゃってください。——その上で、どうするか、考えますよ」

そこで、グレイが仕方なさそうに言った。

「カエル殺しだよ」

「ああ、例の」

シモンは、念のため、惨殺されたカエルの死骸《しがい》について、グレイに一通り伝えておいたのだが、それがあだとなったらしい。

「君からの報告を受けて各寮《ハウス》に問い合わせたら、他にも数件あったことが判明し、さらに今朝また新たに見つかったんだ」

「——数件」

シモンがおもむろにつぶやく。

それは、たしかに少々異様だ。

すると、そばを通りかかった第三学年のセイヤーズが足を止めて声をかけてきた。

「あの、ベルジュ。ちょっといいですか？」

とたん、グレイが気を悪くしたように応じる。

「あとにしろ、セイヤーズ。今、彼は僕と大事な話をしているのがわからないか？」

だが、セイヤーズのことを高く評価しているシモンは、彼がこのタイミングでわざわざ割って入ってきたことには意味があると思い、グレイを無視して応じる。

「聞くよ、セイヤーズ。話というのは？」

「はい。グレイがおっしゃるようにお話し中なのはわかっていますが」

しゃべりだしたセイヤーズは、チラッとグレイに冷めた視線を流す。そこには尊敬も緊張も感じられなかったが、シモンに戻した視線の中には、面と向かって話せることへの誇り、憧憬《しょうけい》、畏怖《いふ》等《など》突き詰めれば信奉に繋《つな》がるような思いが溢《あふ》れていた。

「カエルの死骸のことが話題になっていたようなので、先に報告しておいたほうがよさそうだと判断しました。――この件は、後ほどご報告に行こうと思っていましたが、昨日、うちのオスカーが、下級生が見つけたカエルの死骸を処分したそうです。腹を切り裂かれていて、気味の悪い死骸だったと」

「へえ」

　オスカーの顔を思い浮かべつつ、シモンが確認する。

「処分というのは、埋めたということ？」

「はい。――そのままにしておくのはかわいそうだし、下級生も祟《たた》られそうだと怖がっていたらしく、一緒に埋めてあげたそうなんです」

　それに対し、今しがたセイヤーズのことを無視しようとしていたグレイが、そのことを忘れたかのように得意げな表情になって言う。

「ほらみろ。――やはり、これはゆゆしき問題だ」

「まあ、そうですね」

　さすがにシモンも認めざるを得ずに同意したため、グレイが我が意を得たりとばかりに高らかに宣言する。

「ということで、このあと、執行部で緊急会議をするから、出かける予定のところを悪いが、君も参加してくれ」

先の失敗をいちおう反省したのか、グレイは命令口調から「悪いが」と丁寧な言い方に改めたが、結局のところ、これでシモンの週末の外出はなくなり、グレイの思《おも》う壺《つぼ》となったわけである。

肩をすくめたシモンが、ユウリに言う。

「ごめん、ユウリ。そういうことだから、外出はまた今度」

「そうだね」

「双子にも、予約をキャンセルするよう、あとでメールしておくよ」

とたん、ユウリが訊き返す。

「え、どうして？」

「どうしてって、今も言ったように――」

シモンが言いかけるが、珍しくそれを遮る形で、ユウリが主張する。

「キャンセルする必要はないよ。僕も商品の予約を入れたことだし、塩味のプレッツェルも頼まれているから、それこそシモンには申し訳ないけど、予定通り、一人でグラストンベリーまで買い物に行ってくる」

2

同じ日。

部屋でプラモデル作りに励んでいたオスカーは、扉をノックする音で手を止め、面倒くさそうに顔をあげた。

どうせまた、下級生がなにか問題を起こしたに違いないと思ったのだ。

だが、予想に反し、顔を覗《のぞ》かせたのはセイヤーズだった。しかも、背後にはまばゆいばかりに輝いているシモンの姿もある。

驚くオスカーを、セイヤーズが顎《あご》で誘った。

ちなみに階代表《ステアマスター》の部屋は、それぞれ担当する学年が暮らす階にあり、他の第三学年の生徒たちが相部屋であるのに対し、応接間と二つの寝室を持つ豪奢《ごうしゃ》な二人部屋だ。もちろんこの特別待遇は、雑事に振りまわされる代償で、忙しい彼らを補佐するルームメイトもストレスのない生徒を自由に選べる。

そして、現在オスカーがいるのは、狭いが個室となっている寝室であり、セイヤーズが顎で示したのは手前の応接間だ。

なにごとかと思いながら応接間に出ていくと、小さなソファーセットのところには、筆頭代表のグレイの姿まであった。

これは、本当にただ事ではない。

(俺、なにかやらかしたっけ?)

頭の中で最近の行動を目まぐるしく反芻《はんすう》しつつ、オスカーがまずはセイヤーズに向かって問う。

「えっと、なにごと?」

「安心しろ。君の日頃の悪行を糾弾しに来たわけではない」

「当たり前だ。お前ほど品行方正ではないにしても、俺だって問題児のつもりはないから
な」

筆頭代表と寮長を前にして、こんな馴《な》れ合いのような会話ができるあたり、やはりこの
二人は大物であり、将来に希望が持てるといえた。ふつうなら、恐れ多くて顔も上げられ
ない。

つまり来期の「ベルジュ政権」に続く形で、ヴィクトリア寮は安泰ということだ。

とはいえ、やはり軽口もいつもほどにはどちらも切れ味がなく、セイヤーズが、「だと
いいけど、それはそれとして」とすぐに用件を伝えた。

「君、昨日、カエルの死骸を処分したと言っていただろう?」

「ああ」

「その時のことを詳しく話してくれ」

「詳しくって……」

言いながら、チラッとシモンを見れば、いつもは神々しいながらも優美で人当たりの悪くないシモンが、どこか不機嫌そうな表情をしている。

これは、稀《まれ》に見る警戒警報といえよう。

そこで、求められるがままに下級生とのやり取りを簡潔に説明したあと、「ちなみに」とオスカーが付け足した。

「いちおう写真を撮ったから、カエルの死骸の詳細については、それを見てもらったほうが早いかもしれない」

「写真？」

聞いていなかったセイヤーズが、突っ込む。

「それを先に言えよ」

「そんなこと言ったって、こんな大事になるとは思わなかったんだよ。俺には、お前に気味の悪い写真を送りつける趣味はないしな」

言い訳しつつ、ポケットからスマートフォンを取り出して写真を画面に出したオスカーが、それをセイヤーズに手渡す。

チラッと見たセイヤーズが、そのままスマートフォンをシモンに差し出した。

確認したシモンが、言う。

「悪いけど、その写真を僕のスマホに送ってくれないか」

「わかりました」

今度は直接シモンからスマートフォンを受け取ったオスカーが、その場ですぐさま写真を送る。

すると、自分のスマートフォンの着信音が鳴るのと同時くらいに、シモンが踵《きびす》を返して部屋を出ていく。あとを追う形でグレイが慌てて立ち上がり、挨拶《あいさつ》の一言もなく立ち去った。

その慌てぶりとシモンの堂々たる態度を見比べると、どちらが上級生であるのかわからない一幕であったといえよう。

もっとも、どちらも下級生への配慮はなく、思わずオスカーがつぶやいた。

「……なんだ、今の」

グレイの横柄さには慣れっこであったが、日頃、威厳はあっても礼を失することのないシモンのあまりに素っ気ない態度には、違和感を覚えずにいられない。

眉《まゆ》をひそめつつ、オスカーがセイヤーズに問いかける。

「なあ、俺、なんか悪いことをしたか？」

「いや」

苦笑気味に応じたセイヤーズが、「公平に見て」と続ける。

「珍しく、君に非はないな」

「『珍しく』は余計だが、やっぱりそうだよな。――でも、だとしたら、ベルジュのあの態度には納得がいかない。なんか、怒っているみたいだった」

「たしかに」

認めたあとで、セイヤーズは苦虫をかみつぶしたような表情になって言う。

「ベルジュがつっけんどんだったのは間違いないし、実際、怒っているんだと思う。苛《いら》立《だ》っていると言ったほうがいいのか。――しかも、僕には、その理由もうっすらわかっているんだ」

「へえ？」

興味深そうにセイヤーズの顔を見たオスカーが、「あの聖人君子を」と訊く。

「あんな風に苛立たせる理由って、なんだ？」

「フォーダムだよ」

「フォーダム？」

「そう。――これは、僕としては非常に認めたくないことだし、それこそ頭にもくるんだけど」

本当に嫌がっているように前置きして、セイヤーズは告げた。

「どうやら、ベルジュは今日、フォーダムとグラストンベリーへ外出予定だったらしいけど、それがカエルの死骸のせいでダメになり、その上で、稀有《けう》なことにもフォーダムがベルジュを置いて一人で外出してしまったんだ」

「へえ、それは意外。――でも、なるほどねえ」

寮長であるシモンの予定が狂うのはよくあることだし、グレイと違い、それくらいで感情を害することはないはずだ。突発的に生じるトラブルに対応する能力があるというのは、常にそれだけの余裕があるということで、その冷静沈着さこそ、シモンが尊敬や崇拝を集める所以《ゆえん》であった。

ただ、そんなシモンも、ユウリが絡むと冷静さを失ってしまうらしい。

オスカーが言う。

「となると、やっぱりフォーダムって、ベルジュのアキレス腱《けん》だな」

それがセイヤーズの気に障ると知った上での発言に対し、セイヤーズが珍しく口汚く応じた。

「やめろ。マジでムカつく」

「俺に対して？　それともフォーダムに対して？」

「両方だよ。決まってんだろう」

言うなり、セイヤーズは足音高く部屋を出ていった。

人には欠点の一つや二つあったほうが魅力的だとオスカーなどは思うのだが、シモンを絶対視しているセイヤーズには、たった一つの欠点ですら許せないらしい。まして、それが外部にあるのは、受け入れがたいことなのだろう。

「つまり、セイヤーズにとってのアキレス腱が、ベルジュってことになるのか。——おもしろい」

一人残されたオスカーは、喉《のど》の奥でクックと笑ったあと、気分よさそうに踵を返しながら独りごちる。

「それにしても、一番の驚きは、フォーダムがベルジュを置き去りにしたことだな。彼にそんな反骨精神があるとは、思わなかった。——ま、だとしても、俺にはどうでもいいことだが」

それから彼は、今までの出来事には興味を失った様子で、作りかけのプラモデルが待つ寝室へと戻っていった。

3

同じ頃。

一人、グラストンベリーのバス停に降り立ったユウリは、印刷してきた店の公式サイトの地図を頼りに歩き出す。どうやら目的の店はメイン通りではなく、小道をいくつか入った場所にあるらしい。

風が冷たく、見あげた空は薄曇りだ。

雨にならなくてよかったが、今日は早めに帰ったほうがよさそうである。

とはいえ、通りにはさまざまな店が軒を連ね、シモンが一緒なら、さぞかし楽しかったであろうと思う。天気など気にならないし、なにより不思議と雨に降られない。百パーセントの降水確率でも、お店を出たタイミングで一時やんだり、小雨《こさめ》になったりして傘をさずに済んでしまうことが多いのだ。

やはり、シモンは太陽で、太陽があるところに雨は降らないのかもしれない。

なんにせよ、つくづく残念である。

ウィンドウ越しに見える品々を横目に、ユウリは、一緒に来られなかった分、せめてなにかお土産《みやげ》くらいは買って帰ろうと考える。

（シモン、ちょっと不機嫌そうだったしなあ……）

ユウリとしては、ロワールの城にいるマリエンヌとシャルロットのために自分ががんばらなければいけないという使命感に燃えていたのだが、よくよく考えたら、これはある意味、ぬけがけだ。来たくても来られなかったシモンにしてみれば、ユウリに出し抜かれた感があるのかもしれない。

（もしかして、一人だけ外出するなんて、悪いことしちゃったかな……）

ふだんのシモンが鷹揚《おうよう》であるため、あまり考えずにいたが、本当に自由な時間が欲しかったのはユウリではなくシモンである。

（みんな、シモンのことを頼っているから……）

もちろん、ユウリが思うように、シモンはたしかにユウリが一人で出かけてしまったことを不服に感じていたのだが、それは「ぬけがけ」などという思いではなく、単に一緒にいたかっただけである。

とはいえ、自分のいないところでユウリ一人が楽しんでいることへの恨めしい思いはどちらも一緒であるため、相手にはなかなか混同されやすい感情だ。

そして、この瞬間、セント・ラファエロでは、そんなシモンの不満が若干まわりに向けられ、困っている人間も大勢いたのだが、親しい人ほど、日頃完璧《かんぺき》過ぎるシモンの人間らしさに触れられたことに喜びを覚え、でも自分は火の粉をかぶらないよう遠巻きに見守っていた。

実際、外出を止められたのは気の毒であったし、このささやかなご乱心も、どうせユウリが戻ってくるまでだと見抜かれていたからだ。

ただ、そんなことになっているとは露ほども知らない当のユウリは、後悔しても始まらないので、しっかり使命を果たした上で、早く戻ることよりシモンへのお土産を念入りに選ぶほうに気がいっていた。

そのためにも——。

「まずは、お店を見つけないと」

つぶやいたユウリであったが、意外と簡単に見つかる。遠目に見ても空気が違い、パッと目についたからだ。

白っぽい石造りの壁に茶色い木の扉。

その扉の隣には、大きな窓が開いている。

さらに天然由来の商品を扱うというだけはあり、窓のところや店まわりにたくさんの緑が飾られ、手入れの行き届いた草花からはなんともいい気が流れていた。

（……へえ）

グラストンベリーは学校からもっとも近い大きな町であるため、時々シモンと散歩がてら買い物に来たりしていたが、こんな店があったとはついぞ知らなかった。それを、海を隔てた場所にいるマリエンヌとシャルロットが知っていたのだから、情報過多になりがちなネット社会も悪くない。

開店直後を狙《ねら》ったせいか、他に客のいる様子はなく、ユウリはホッとしながら店内に足を踏み入れる。

とたん。

「いらっしゃい」

店の奥から声をかけられた。

柔らかな声。

そこにいたのは、ゆったりとした服を身にまとった恰幅《かっぷく》のいい女性で、笑顔が優しく人を包み込むような雰囲気を持っている。

「こんにちは」

ユウリが挨拶すると、眇《すが》めた目を向けた彼女が珍しそうに言う。

「初めて見る顔だね」

「はい。初めて来ました。——友人がこちらを知っていて、買い物を頼まれたんです」

「ああ、ルームミスト？」

「そうです。——あ、これ、予約番号」

ユウリがパソコンから印刷してきた紙を見せると、彼女は手元の台帳に書かれた同じ番号を何個も棒線で消し、商品を抽斗《ひきだし》から取り出しながら笑う。

「ずいぶん、たくさん買ってくれるんだねえ」

「はい。最初はフランスに住む友人から頼まれた分だけのつもりだったんですが、彼女たちのセンスのよさは知っているので、せっかくだから僕も姉にプレゼントしようかと。ついでに、僕も部屋で使おうかなって……」

説明しているうちに、なんだか欲張りになった気のしたユウリが、謝る。

「でも、一人で買い占めているみたいですね。……すみません」

「なんで謝るんだい。たくさん買ってくれて、商売繁盛。こっちとしてはむしろありがたいよ。——どうせなら、他にもなにか買うべきものがないか、よければ店内をよく見てまわっておくれ」

うながされ、彼女が商品を包んでいる間、ユウリは店内を歩いてみる。

といっても、さほど広いわけではなく、一周するのに十歩もあれば十分だった。それでも、ところ狭しといった状態で並べられた商品をひとつひとつ丁寧に見ていけば、小一時間くらいはつぶせそうな感じである。

いわゆる、雑貨店だ。

ハーブ類を使ったコスメやフレグランスの他にも、天然石をあしらったジュエリーや置物類、レース飾りや刺繍《ししゅう》のされた布製品、果ては数冊の書籍やタロットカードやオラクルカードまで置いてある。

見たところ、雑然としながらも、あるテーマで統一された感があるのだが、肝心のテーマがなにか、ユウリにはすぐにはわからない。

それでも興味を引かれたものを手に取って眺めていたユウリは、ジュエリー類の間に置かれたあるものに目が吸い寄せられる。

同時に、頭の中に響く声があった。


……サン……、サンサン……、シマン……フ……


（……なに？）

思いながら手に取ったそれは、直径が五、六センチほどある金の輪で、幅広の表面にはところどころ天然石らしきものが象嵌《ぞうがん》されている。さらにその隙間《すきま》を埋めるように渦巻き文様が彫り込まれ、裏にも崩れた書体で文字が書かれていた。

ただし、表面の一ヵ所だけ、文様などがいっさいない空白の箇所があり、なにかがはめ込めるような突起だけがついている。

（これって、もしかして壊れている……？）

ユウリがじっと見つめながら思っていると——。

「やっぱり、それが気になるんだね？」

店主に声をかけられ、ハッとしたユウリが「あ、いえ」と言いながらそれを元の場所に戻そうとする。

それを見て、店主が続けた。

「おや、まさか置いていくのかい？」

「──え？」

手を止めたユウリが、それを持ったまま戸惑って店主を見る。

「置いていく？」

「そう。だって、呼ばれたから、あんたはそれを手に取ったんだろう。それなのに、置いていくのはかわいそうだと思って」

「……呼ばれた」

謎《なぞ》めいた言葉を受け、ユウリが改めて金の輪を見おろす。その一瞬、くすんでしまっている表面を、キラリと輝きが走り抜けた。

たしかに、ユウリ自身、なにかが気になっているし、一瞬だが声のようなものも聞こえた。

それがなにかはわからないまま、顔をあげたユウリがためらいがちに尋ねる。

「これ、壊れていますよね？」

「うん。だから、実は商品ではないんだ。値札はついてないだろう?」

ユウリの手から金の輪を取りあげた店主が、「でも」と続ける。

「あんたなら、これを再生してやれるはずだ」

「再生?」

「そう」

ゆっくりうなずいた店主が、「これはね」と説明する。

「昔、蚤《のみ》の市《いち》で見つけたものなんだよ。——その時は、私もあんたみたいに呼ばれたんだけど、買って帰って手入れをして以来、だんまりを決め込んでいてね。おそらく、私は中継に使われただけなんだろうと思って、いつか、本当の救い主が現れるまで、こうして店に置いといてやったんだ」

「……本当の救い主」

「わかっていると思うが、こういう『いわくつき』のものたちは、自分たちの力で動けない分、人の手を介して移動する。植物と一緒さ。植物も仲介者である昆虫や鳥たちの気を引いて、彼らに花粉や種を運ばせるだろう?」

「そうですね」

認めたユウリに、「で」と店主が告げる。

「実際、あれほど沈黙を守っていたこの子が、今日に限って朝から妙にはしゃいでいると思ったら、あんたが店に現れた」

言いながら、店主はくだんの金の輪をユウリの手に戻す。そして、念を押すように主張した。

「つまり、あんたには、この子を救ってやるだけの力があるはずだ」

「……えっと」

そんなことを急に言われても、ユウリには返事ができない。なにせ、現段階では、これがなんであるか、見当もつかないのだ。

困惑しつつ、ユウリが尋ねる。

「もしかして、貴女《あなた》には、これの声が聞こえるんですか？」

「当たり前だろう。ここをどこだと思っている？」

「……ここ？」

とっさにピンとこなかったユウリに対し、店主が堂々と告げる。

「魔女の店だよ」

「――魔女の店？」

目を丸くするユウリを見て、店主が笑う。

「まさか、知らずに来たのかい？」

「あ、はい」

正直にうなずいたユウリだが、言われて納得できるものがあった。

雑然とした中にも統一したテーマがあるように感じていた、そのテーマが、ようやくわかったのだ。

（そうか。この店のテーマは、白魔術だ）

魔女などと聞くと怪しく思う人たちもいるだろうが、白魔術は、自然界と調和し、人々に癒《い》やしをもたらす先人の知恵である。

陰陽五行《いんようごぎょう》に基づいた術を施す陰陽道《おんみょうどう》も、然《しか》り。

ただ、そうなると、なぜマリエンヌとシャルロットがそんな店を知っていたのか、いささか疑問に思うが、もしかしたら、知り合いにこの手のことに詳しい人間がいるのかもしれない。

だとすると――。

（もしかして、このことはシモンには黙っておいたほうがいいのかな？）

根拠はなかったが、ふとそんなことを思い、さらに、シモンが今日来られなかったのには、別の意味――あるいは、なにかの意図――があったのかもしれないと考える。

考え込むユウリに、店主が訊いた。

「――で、どうする？」

「ああ、えっと」

改めて金の輪を見おろしたユウリが、答える。

「持って帰ります。――あ、いや、買って帰ります」

この先、どうなるかはわからなかったが、そういう流れにあるなら、その流れに乗ってしまったほうがいいと思ったのだ。

微笑《ほほえ》んだ店主が、言う。

「だから、商品ではないと言っただろう。その子の代金はいらない」

そこで、ルームミストと地元の養蜂家《ようほうか》から仕入れているという蜂蜜《はちみつ》をシモンへのお土産として購入したユウリに、店主が告げた。

「そうそう。ちょっと荷物になるけど、よければ、私から、その子の救い主であるあんたにこれをプレゼントするよ」

そう言って渡されたのは、植物の苗木だ。

「ヴァーベナ?」

「そう。女神の幸運が、あんたとともにあるように――」

なぜ、ヴァーベナが女神の幸運と結びつくのかわからなかったが、ユウリはせっかくだから受け取ることにする。

「嬉《うれ》しいです。ありがとうございます」

それから荷物を持って店を出ようとすると、行く手を遮るようにものすごい突風が吹きつけた。

「うわっ！」

後方に押し戻されてしまったユウリが、とっさに荷物を持った手をあげて顔を守っていると、背後に立った店主がつぶやく。

「――これは、なんとも嫌な風だね」

「たしかに、びっくりしました」

「ちょっとお待ち」

言いながら店の奥に戻った店主が、なにかの葉が入ったビニールの小袋を持って戻ってきた。

「ほら、ホワイトセージだよ。これを、ポケットに忍ばせておくといい。――どうやら、あんたの邪魔をしたがっているモノがいるみたいだから、お守りだ。悪いものたちは、その匂《にお》いを嫌がるからね」

「わかりました。――色々ありがとうございます」

受け取ったユウリに、店主が忠告する。

「いいんだよ。ただ、今日は、あまり寄り道せずに帰ったほうがいいかもしれない」

「……そうですね」

たしかに、雲行きも怪しそうだ。

そこでユウリは忠告に従い、途中にあったスーパーマーケットで塩味のプレッツェルのスナック菓子を大量に買い込み、お昼も食べずにセント・ラファエロへと戻っていった。

4

生徒自治会執行部《スチューデントソサエティ》での会議を終えたシモンは、グレイとパスカルとともに寮へと戻る道を歩いていた。パスカルが一緒なのは、今回の会議では、ネットワーク監視チームも呼ばれ、さまざまな情報を提供したからだ。

ただ、二人の少し先を歩くシモンは、依然として不機嫌そうである。

もちろん、態度が乱暴になったりすることはなく、むしろ立ち居振る舞いは相変わらず優美で惚《ほ》れ惚《ぼ》れするのだが、その完璧ともいえる言動の裏で、人を寄せつけない空気感を漂わせている。

もっとも、理由を知れば、誰もが納得するだろう。

なにせ、シモンの外出を阻んでまで緊急で行われた執行部の会議は、あまりにもその内容が薄っぺらで、意味のないものだったからだ。筆頭代表たちは、おのおのカエル殺しについて寮生からあがってくる情報はつかんでいたものの、それらを整理し時系列に並べることとすらせずに、会議を招集していた。

そして、のんべんだらりとそれらについて討議したのだ。

定例会議がなかば形骸化《けいがいか》していて、受験勉強に追われている筆頭代表たちの気晴らしになっているのは仕方ないにしても、今回のように自由な時間を奪われた上での会議がこれでは、さすがにシモンも我慢の限界だ。

一緒にその場にいたパスカルも同じように考えていて、こんなことなら、事前にすべての情報をもらい、パスカルのほうで時系列に並べた表を作成し、外出から戻ったシモンに見せても事足りた。

来年、もし自分がシモンの側近となるなら、間違いなくそうやって補佐するだろう。

つまり、今回の緊急会議は、日頃からシモンに頼りっぱなしで、ある意味、シモンを腹心の部下として使えることで自分の権威を誇示しているところがあるグレイの、その悪い側面が出たような一件であったといえよう。

(本当に、なにが『緊急』なんだか)

内心で思いつつ、パスカルは、せめてグレイがこれ以上シモンのストレス要因にならないよう、グレイの隣を並んで歩きながら、率先して自分が彼の話し相手になるよう努めていた。

もちろん、グレイの方では、そのことが不満であるのはわかっている。

彼にしてみたら、自分とシモンが並んで歩き、そのうしろをパスカルがついてくるのが妥当だと考えているのだ。

だから、空を見あげながら、グレイはシモンにも聞こえるよう声高に言った。

「なんだか、雲行きが怪しいな」

もちろん、シモンは答えず、代わりにパスカルが応じる。

「そうですね」

そのあとで、パスカルは「頼むから、バカなことは言わないでくれ」と心の中で念じたのだが、残念なことに、グレイはグレイだ。シモンに対して、今、絶対に言ってはならないことを口にする。

「この分だと、外出したフォーダムは雨に降られるかもしれないな」

とたん、ピタリと止まったシモンが、振り返って訊く。

「——だから、なんです？」

「ああ、いや」

想像以上に不機嫌そうなシモンを見て、グレイが慌てて付け足した。

「こんな天気になってしまったからには、君は、出かけずに済んでよかったんじゃないかと思ってね。結果オーライというか」

おそらく保身が働いたのだろう。

だが、彼の言い分を突き詰めれば、雨に濡《ぬ》れる心配がないのは、外出を阻んだ自分のおかげであるのだから、そんな風にいつまでも不機嫌になっていないで、むしろ感謝しろと主張しているようなものだった。

だが、当たり前だが、それはグレイにとっての「結果オーライ」であり、シモンにしてみたら、たとえ雨が降ろうが雪が降ろうが槍《やり》が降ろうが、ユウリと一緒にいる時間こそが最上なのである。

頭痛がしたように額を押さえたパスカルの前で、澄んだ水色の瞳を冷たく光らせたシモンが「グレイ」と応じる。

「この際ですから言わせてもらうと――」

だが、その言葉に被《かぶ》せるように、生徒同士が激しく言い争う声がした。

「おい、やめろ、セルデン!」

「なにするんだ。放せよ。――ああ、なんてことだ。お前のせいで逃げられちゃったじゃないか!」

言葉を止めて振り向いたシモンに続き、他の二人もそろって声のしたほうを見る。

すると、湖畔へと続く雑木林の奥に、ヴィクトリア寮の寮生であるセルデンとマーランドの姿があった。

マーランドがセルデンにつかみかかり、それにセルデンが抗《あらが》っている形だ。

三人が顔を見合わせたのは一瞬で、真っ先にシモンが、遅れてパスカルが走り出す。グレイは、そんな彼らからかなり遅れて駆けつけた。

「君たち」

シモンが声をかけながら、二人を引きはがす。すかさず、パスカルがマーランドを引き受け、シモンがセルデンと向き合った。

肩で息をするセルデンの右手には、刃《やいば》のむき出しになったカッターナイフがあり、気づいたシモンが、まずは忠告する。

「危ないから、それをこっちにくれないか、セルデン」

だが、握りしめた手にはブルブルと力が入ったまま、セルデンがカッターナイフを放す素振りはない。

グレイが、癇癪《かんしゃく》を起こしたような声でシモンの背後から言う。

「そんなものを振りまわして、なんのつもりだ、セルデン！　誰かがケガをしたらどうする⁉」

それに対し、マーランドが告げ口する形で応じた。

「彼、そのナイフでカエルを殺そうとしていたんです！」

「カエルを？」

「カエルって……」

「え、まさか？」

ハッとしたように口々に繰り返したシモンとパスカルとグレイが、そこに秘められた一つの真実に気づいて顔を見合わせる。

すぐに、グレイが顔色を失う。

なにせ、これから各寮と連携して見つけ出すはずだったカエル殺しの犯人が、目の前に現れたのだ。しかも、それは他でもないヴィクトリア寮の寮生で、グレイにしてみたらなんとも好ましくない結果だった。

「つまり」

グレイが、わなわなとわななきながら確認する。

「カエルを殺していたのは、君だったのか、セルデン?」

「……はい」

苦しそうに認めたセルデンに対し、グレイの怒りが爆発する。

「おい、ふざけるな!」

「グレイ」

シモンが落ち着かせようとするが、彼の怒りは収まらない。

「簡単に認めてくれたが、君は自分のしたことがわかっているのか!? カエルの腹を裂いて殺したんだぞ。——しかも、一匹や二匹じゃない。把握しているだけでも、七匹のカエルが殺されている! 尋常じゃない。すでに、生徒自治会執行部でも大問題になっているんだ。どうしてくれる!?」

結局は保身に辿《たど》り着いてしまうグレイに呆《あき》れつつ、シモンが冷静に言う。

「貴方《あなた》こそ、少し落ち着いてくれませんか、グレイ」

常軌を逸しているなら逸しているで、そんな人間を刺激したところで、なにも得るものはない。それくらいなら、むしろ心を鎮めるほうに神経を使うべきであった。そして、もしここにユウリがいたら、きっと一瞬でそれを成し遂げてくれただろう。

頭の隅でそんなことを思いつつ、シモンがセルデンに訊く。

「セルデン、なにか悩み事があるなら、この僕が聞くから、ケガをする前に、まずはナイフを地面に置こうか」

すると、手にしたナイフを持ち上げて見つめながら、セルデンがポツリと言った。

「八匹です」

「——え？」

わからずに訊き返したシモンに、セルデンが答える。

「僕が殺したカエルの数は、八匹です。そして、マーランドが邪魔しなければ、ようやく九匹目を捧《ささ》げて、僕は自由になれたはずなのに——」

「自由に？」

シモンが問いかけるが、その声が届いているのかどうか、ナイフを持ったまま両手でこめかみを押さえたセルデンが、悲痛な叫び声をあげる。

「ああ、もう嫌だ!!　もうやめて!!　あと一匹殺さないと、僕はアレに殺されてしまうんだ!!　僕は疲れた!!　誰か僕をこの苦しみから解放して――」

言うなり、カッターナイフで自分の頸動脈《けいどうみゃく》を切ろうとしたため、とっさに「ダメだ、セルデン!」と叫んで飛びついたシモンが、ケガを負うのを覚悟の上で、セルデンの手からカッターナイフを強引に奪い取る。

「シモン――!」

パスカルの悲痛な声が、雑木林にこだました。

5

一方。

強風に煽《あお》られる形で寮へと舞い戻ったユウリは、まずは部屋に戻って荷物を置き、大量に買った塩味のプレッツェルの入った紙袋を持って、仲間たちがよく時間をつぶしている談話室へと足を向けた。

案の定、そこには、ウラジーミルとルパートとテイラーがいて、ユウリに気づくと意外そうに挨拶をしてくる。

「あれ、おかえり、ユウリ」

「早くない？」

「やっぱり、一人だと淋《さみ》しかった？」

「そうだね。——あ、これ、お土産」

素直に認めつつ、ユウリは紙袋をテーブルの上に置いた。

それを見たウラジーミルが腕を伸ばして中を確認してから、眉をひそめて言う。

「おいおい。たしかに、塩味のプレッツェルを買ってきてくれとは頼んだけど、こんなにたくさん買ってこいと言ったつもりはないぞ」

「わかっている。ついでに、みんなの分も買ってきたんだ」

するると、お菓子好きのルパートが、早速紙袋の中を漁《あさ》り、次から次へと出てくる塩味のプレッツェルの小袋を取りあげながら言う。

「え、本当に、全部プレッツェル？」

「うん」

「しかも、塩味ばかり？」

「そうだね」

「もしかして、グラストンベリーには他にお菓子が売っていなかったとか？」

「ううん。たくさん売っていたよ。美味《おい》しそうな焼き菓子とかチョコレートとか」

それに対し、ルパートが正直な感想を述べる。

「だろうね。――だとしたら、僕は、そっちの甘いお菓子のほうがよかったな」

「そうか、ごめん」

謝ったユウリが、自分でも改めてテーブルの上に大量に転がるスナック菓子の小袋を見おろし、しみじみと言う。

「言われてみれば、そうかも」

魔女の店との出会いや、吹きつける風の強さが気になり、みんなにお土産を買うことまでは頭にあっても、その内容を吟味する余裕を完全に失っていたようだ。だから、ほぼ機械的に、お店にあった塩味のプレッツェルを買い占めてしまったのだ。

「う～ん。頭の中で『塩味のプレッツェル、塩味のプレッツェル』と呪文《じゅもん》のようにずっと繰り返していたから、言った分だけ買ってきちゃったみたいだ……」

「それは、なんともユウリらしい」

「まったく。シモンが一緒なら、このチョイスは確実に止めていただろうな」

諦《あきら》めの境地で言い合うウラジーミルとルパートのそばで、自分も小袋に手を伸ばしながら、テイラーがユウリをかばうように言う。

「文句があるやつは食うな。――ということで、俺はありがたくいただくよ」

それを聞いて、二人が態度を改める。

「たしかに、そうだ。――ありがとう、ユウリ」

「僕も、甘いもののほうが好きだけど、塩味のプレッツェルも好きだから、もらうよ」

「うん。食べて、食べて」

ホッとしたように言ったユウリが、周囲を見まわしてから改めて尋ねる。

「ところで、シモンはまだ戻ってきてない？」

「ああ」

プレッツェルを頬張《ほおば》りながら、テイラーが応じる。

「シモンだけでなく、パスカルの姿も見てないから、まだ、執行部の会議が続いているんだろう」

ウラジーミルが、小袋を開けながら皮肉げに付け足した。

「気の毒に、きっと今ごろ、『会議は踊っている』だろう」

歴史的名言をもじって言われたことに苦笑しつつ、ユウリは考えた。

（そうか。シモンがまだなら、あとで一緒にお茶ができるように、先にマクケヒト先生のところに行って、ヴァーベナの植え替えをしてしまおうかな）

そこで、仲間たちと大量の塩味のプレッツェルをその場に残して談話室をあとにしたユウリは、一度部屋に戻ってヴァーベナの苗木を持つと、マクケヒトのいる医務室へと向かった。

6

「へえ。ヴァーベナか」

ユウリが持ち込んだ苗木を受け取りながら、校医のディアン・マクケヒトがおもしろそうに言う。

背中で緩く三つ編みにした銀の髪。

神秘的に輝く青紫色の瞳。

若く見える一方で、千年を生きた魔法使いと言われても納得がいく雰囲気を持つマクケヒトは、現代に生きるドルイドの一人で、謎の民族といわれた古代ケルト人の文化を研究するかたわら、ここで校医を務めている。

続けてマクケヒトが、確認した。

「これをもらった？」

「はい」

「今日？」

「そうです」

「誰に？」

「『魔女の店』の店主に」

「……『魔女の店』?」

ヴァーベナからユウリに視線を移したマクケヒトに対し、ユウリはこうなるに至った経緯をかいつまんで説明する。

「ふうん。——それで、買い物に行った先が『魔女の店』だったというわけだね」

納得したマクケヒトが、先に立って薬草園《ハーブ》へと向かいながら教えた。

「その店のことは知っているよ。店主のこともね。——実は、僕もたまに足りないハーブ類を調達するのに利用しているんだ」

「へえ。そうだったんですね」

マクケヒトのお墨付きを得たような気になったユウリは、なんだかホッとする。別にあの店のことを疑っていたわけではないのだが、少々特殊な事情を他の人に話すのは憚《はばか》られると考えていたので、気を使わずに話題にできる相手がいて嬉しかったのだ。

マクケヒトが「それなら」と、ユウリが言い忘れていたことを指摘する。

「これをくれた時、彼女はなにか言っていなかったかな」

「え?」

「たとえば、『女神の祝福』とか『新年の贈り物《ストレナエ》』とか」

「ああ、言われてみたら、そんなようなことを聞いたかもしれません。……えっと、たしか『女神の幸運が、あんたとともにあるように』だったかな？」

　なんとか思い出したあと、意外そうに訊き返す。

「でも、どうしてわかったんですか？」

「それは、この時期にヴァーベナを贈られたのなら、間違いなく『新年の贈り物《ストレナエ》』だと思ったから」

「ストレナエ……？」

　その耳慣れない言葉に引っかかりを覚えたユウリが繰り返す。どこかで聞いたような気がするのに、すぐには思い出せない。

　覚束《おぼつか》なげに考え込んだユウリに、マクケヒトが説明する。

「ラテン語の『新年の贈り物《ストレナエ》』というのは、古代ローマのしきたりで、新年に皇帝に貢ぎ物をすることを言ったのだけど、古くは、イタリアをローマ人と共同統治したサビニ人の宗教的慣習だったようで、女神の森から採ってきたヴァーベナの枝を新年に贈られると、幸運を授かると考えられていたようなんだ」

「……へえ」

「新年」という言葉で、ユウリはようやく、シモンが「エトレンヌ」の説明をしてくれた時に同じ話を聞いたのを思い出した。ただ、その時は、サビニ人の話やヴァーベナのことまで触れられることはなかった。

「あれ、でも」

ユウリが、当然の疑問を持つ。

「新年の贈り物なら、ちょっと時期が違いませんか?」

「たしかに、現代の感覚で言ったらそうなんだけど、昔は、新年は今の三月に置いていた場所も多いんだよ」

「そうなんですか？」

「うん。日付的なことを言い始めると、その時々で変わる暦との関連があるから難しいんだけど、ざっくり考えると、今でも、天文学的な見地から、宇宙の元旦《がんたん》は春分の日に置かれている」

「そうか。春分――」

ユウリは納得した。

地球に影響を及ぼす太陽と月の運行は、古来、祝祭の日付と密接に関《かか》わってきたが、人々の暮らしに重点を置いた現代の暦では、特別な日を「特別」にしていた秘儀的な意味はなかば形骸化している。暦に従って人々が寿《ことほ》ぐのは、あくまでも自分たちの暮らしに関わることであって、自然界における恒常的なエネルギー循環を祝い、その恩恵に感謝するという本来の目的は忘れがちだ。

まさに本末転倒であり、だからこそ、宗教的な祭儀では、それぞれが独自の暦を保持し守っているのだろう。

　ユウリが言う。

「それなら、このヴァーベナには女神の力が宿っているんですね？」

「それは、どうかかな。――聖なる女神の森から採られたものでないなら、どこまで本来の力が備わっているかはわからないけど、でも、薬学的にも有用なヴァーベナには、昔から魔力があるとされていて、花言葉も、ずばり『魔力』とか『魅力』といわれているくらいなんだ」

「魔力か……」

　そんな話をしながら薬草園に苗木を植え替えたマクケヒトが、立ち上がったところでユウリを誘う。

「せっかくだから、ハーブティーを飲んでいく？」

「はい。ぜひ」

　そこで身を翻したマクケヒトが、ふと気づいたように言う。

「……あれ、ホワイトセージの匂いがするな」

　それから匂いのもとを辿るように頭《こうべ》を巡らせ、最終的にそばに立つユウリに向かって尋ねた。

「もしかして、ホワイトセージを持っていたりする？」

「ホワイトセージ？」

　繰り返したユウリが、ややあって思い出す。

「あ、持ってます」

　上着のポケットからビニールの小袋を取り出し、説明した。

「例の『魔女の店』を出る時、強い風を心配した店主の方が、お守りとして、これをくれたんです」

「ああ、やっぱり」

　ユウリの手から小袋を取りあげたマクケヒトが、「それなら」と言う。

「もし君がよければ、せっかくだし、医務室の浄化に、今、少しここで焚《た》かせてもらおうかな。――構わないかい？」

「もちろんです」

　ユウリに否はなく、むしろ積極的に言う。

「なんなら、僕がやりますよ」

「そうかい？　――じゃあ、お願いして、僕はお茶を淹《い》れてこよう」

　そこで、マクケヒトがお茶の準備をしてくれている間、ユウリがお香用のガラス皿の上でホワイトセージに火をつけた。

　とたん、独特な香りが室内に広がっていく。

（ああ、いい匂いだなあ）

その香りに包まれていると、心なしか、身体《からだ》が軽くなってくるようだった。

そうしてホワイトセージに心身を浄化されながらマクケヒトとサンルームでティータイムを楽しんでいると、突然、医務室のほうが騒がしくなり、数名の生徒が入ってくるのが見えた。

しかも、その先頭にいたのは――。

「シモン⁉」

驚いたユウリがサンルームを出ていくと、シモンのほうでも意外そうにユウリのことを呼ぶ。

「――ユウリ。君、戻っていたんだ？」

「うん。――あ、シモン、手、血が出ている」

シモンの右手をユウリが指さして言うと、シモンはなんてことないように応じる。

「ああ、これはかすり傷だよ」

それから、マクケヒトに顔を向けて言う。

「それより、マクケヒト先生、急患です」

シモンの背後でパスカルに支えられて立っている真っ青な顔色をしたセルデンを見て、マクケヒトが奥のベッドを示しながら言う。

「パスカルは彼の上着を脱がせて、そこに座らせて。——ベルジュは、その棚に絆創膏《ばんそうこう》があるから、自分で手当てしてくれ」

それに応じ、パスカルが上着を脱がせようとすると、それまでぐったりした様子でパスカルに身体を預けていたセルデンが、ハッと気づいたように顔を巡らせ、急に嫌そうに身をよじって暴れ出した。

「わ、セルデン、どうした？」

脱がせようとしていた上着が肘《ひじ》のところで引っかかってしまって慌てたパスカルが、まごつきながら続ける。

「暴れると、上手に脱がせられないよ」

だが、セルデンはパスカルの存在など気づいていないように、暴れながら叫ぶ。

「なに、この臭《にお》い。嫌いだ。——ああ、嫌だ、嫌だ！　どっかにやって！」

「臭い？」

なんのことだろうかとシモンやグレイが臭いをかいだり、あたりを見まわしたりしているのに対し、シモンに絆創膏を渡していたユウリが、すぐに気づいて言う。

「あ、ホワイトセージか。——これが、苦手なんだね？」

まるで、その匂いに取り殺されると言わんばかりに暴れているセルデンに話しかけながら、ユウリは、先ほど焚いたばかりのホワイトセージのお皿をサンルームのほうに持っていく。

するとと、匂いが薄れてホッとしたらしいセルデンの声がやむ。やはり、ホワイトセージの匂いに反応したようだ。

（そうか。邪気祓《じゃきばら》いの匂いに嫌悪感を示したのか……）

そのことを気にしつつ、お香のお皿をサンルームのテーブルに置いたユウリがふたたび医務室に戻ると、すでにセルデンはマクケヒトの手に委《ゆだ》ねられ、他の三人はまわりを囲むように立っていた。

そこに加わろうとしたユウリは、セルデンの上着が、脱がせた時のまま畳まれずに隣のベッドの上に投げ出されているのを目にして、先にそちらに手を伸ばす。ほとんど条件反射で、裏返しになった袖《そで》を元通りにして軽く埃《ほこり》をはらってから壁にかかっているハンガーにつるし、さらに全体をきれいに整えた。

一連の行動を見れば、常日頃、ユウリの身だしなみが美しい理由がよくわかる。

だが、完璧に整えられたように見える上着に対し、ユウリはどこか納得がいかないように首をかしげた。

いったい、どこに隙があるというのか。

ユウリの様子を横目で窺《うかが》っていたシモンなどは、そんな風に思ったのだが、ユウリはどうしてもなにかが気に入らないらしく、そのあともしばらく、袖を引っ張ったり襟を整えたりポケットを叩《たた》いたりしていた。

あたかも、そこになにかが付着しているかのように——。

実際、ユウリはその上着にまといつく邪気のようなものが気に食わず、なんとか祓い落としてしまいたいと思っていた。

(これって……)

ユウリがこのところ寮内で感じていた嫌な気配と相通じるものがある。

いったい、どういうことなのか。

なぜ、それがセルデンの上着から強く感じられるのか。

わからないまま、なにをやっても瞬間的な対処にしかならなかったため、最後は自分の上着のポケットからホワイトセージの残りを取り出し、セルデンの制服のポケットに滑り込ませた。

どれくらい効果があるかはわからなかったが、放っておくよりはマシだと思ったのだ。

と、その時。

「もう無理なんです！」

セルデンの悲痛な声が響いたため、ユウリはようやく制服のそばを離れてセルデンが寝ているベッドのほうに近寄っていく。

その間も、セルデンの訴えは続いた。

「助けてください！　きっと、このままだと、僕は殺されてしまう！」

マクケヒトが、落ち着かせるように告げる。

「大丈夫だよ、セルデン。君は絶対に殺されたりしない。そうなる前に、助けてあげるから、まずは話してごらん。いったい、なにがあったんだい？」

それに対し、セルデンが答える前に、グレイが告げ口するように言った。

「彼は、ここ最近問題になっていたカエル殺しの犯人なんですよ。――さっき、現場を押さえたばかりで」

グレイに視線を移したマクケヒトが、考え込むように言う。

「カエル殺し、か。……なるほどね」

その情報はユウリも初めて耳にするので、心配そうな視線をセルデンに向ける。

（カエル殺し……）

それは、新たな符合と言えよう。

ユウリが夢で聞いた、カエルの悲痛な鳴き声。

そして、実際に見つかったカエルの死骸。

それがセルデンの仕業であり、そのセルデンの制服からは、なんとも嫌な気が発せられている。

それらに、どんな繋がりがあるというのだろう。

わからないままユウリが考えていると、マクケヒトがベッドを囲むように立っているグレイ、シモン、パスカルを順繰りに見まわして言った。

「それはそうと、君たちは忙しい身だね。セルデンのことは、ひとまず僕が責任を持って預かるから、もう行っていいよ」

「いや、でも」

グレイとしては、この際だから、カエルを殺した理由などを問いつめてしまいたいのだろう。すでに執行部でも問題となっているカエル殺しの犯人がヴィクトリア寮の寮生であったというありがたくない事実に対し、経緯の説明や問題の改善点などを提示できなければ、筆頭代表としての面目は丸つぶれだからだ。

そこで不満そうに言い返そうとしたが、その意図を察したマクケヒトが、反論を許さずに付け加えた。

「君の言いたいことはわかるけど、グレイ、上級生である君たちがそんな風に威圧していたら、セルデンの気が休まらない。彼の具合が悪いのは間違いないので、どんな事情があろうと、今は彼の療養が最優先だ。——どうしてもと言うなら、一人だけ、寮の責任者として残ることを認めよう。ただし、口出しは無用だよ」

校医としての威厳をもって言われてしまえば、さすがに生徒の身分で否はなく、顔を見合わせたあとでグレイが言う。

「そういうことなら、ベルジュ、ここを任せていいか？」

責任者として自分が残ると言わないところが、なんとも彼らしいが、むしろ好都合だったシモンがあっさり引き受ける。

「わかりました。――あとで、報告に伺います」

「ああ、頼む」

シモンの言葉に満足したらしいグレイが、パスカルとユウリをうながそうとする。

「ということで、パスカル、フォーダム、行くぞ」

すると、マクケヒトが「ああ、ユウリ」と一人だけ呼び止めた。

「君に薬草園から採ってきてほしいハーブがあるんだけど、頼めないかな？」

「もちろん、いいですよ」

そこで足を止めたユウリをチラッと見てから、グレイが「じゃあ」と告げてパスカルと医務室を出ていった。

それを見送ったユウリが、マクケヒトに尋ねる。

「それで、なにを採ってきましょう？」

「そうだね。――思ったんだけど、さっき僕たちが飲んでいたお茶のポットがまだ温かいようなら、それでいいや。それと一緒に、奥の棚からセルデンのために新しいカップを持ってきてくれるかな？」

「はい」

そこで、ふたたびサンルームに向かったユウリは、まだ人肌の温かさを持つハーブティーを新しいカップに注いで持っていく。

受け取ったマクケヒトが、それをセルデンに渡して言う。

「ほら、まずはこれを飲んで落ち着くといい」

素直に受け取ったセルデンが、カップに一口、二口、口をつけてからホッとしたように肩を落とした。

「美味しいですね」

「よかった。——少しは、落ち着いたかい?」

「はい」

そこで、セルデンの正面に座ったマクケヒトが、改めて尋ねる。

「それなら、なにがあったか、話してくれるかな?」

「……それが、僕にもよくわからないんですけど」

戸惑い気味に前置きしたセルデンが、ぼそぼそと話し出す。

「三週間ほど前から、おかしな夢を見るようになって……」

「おかしな夢?」

マクケヒトが訊き返すうしろで、ユウリとシモンが視線を交わす。おそらく、このところ話題となっていた「夢魔《インキュバス》」の出てくる夢だろうと推測できたからだ。

案の定、セルデンが言いにくそうにうつむいて告げた。

「……恥ずかしいんですけど、ものすごくいやらしい夢で、気づくと身体も反応してしまって、……それで僕、夜に寝るのが怖くなってしまったんです」

マクケヒトが、口をはさむ。

「つまり、あまり眠れていないんだね？」

「はい」

「でも、眠れなくなったのは、夢のせいだけではないんだろう？」

セルデンの深層心理をさぐるように訊いたマクケヒトに対し、ためらいがちに「……そうかもしれません」と応じたセルデンが、自分自身に問いかけるように言う。

「みんなが陰で、僕が『夢魔《インキュバス》』に取《と》り憑《つ》かれているっておもしろおかしく噂《うわさ》しているのをたまたま聞いてしまって、自己嫌悪というか、鏡に映ったみっともない自分を見せつけられたみたいで死んじゃいたいなって」

「それは、たしかに辛《つら》かっただろうね」

同情するように受けたマクケヒトが、チラッと非難の目をシモンに向けた。

寮長のくせに、自分のところの寮生がこんな悲惨な目に遭っていたことに気づかずにいたとはなにごとかと、その責任を問うような視線であった。

それを受けて、シモンが言う。

「『夢魔《インキュバス》』の話は、僕のところにも届いていましたよ」

「へえ」

「ただ、セルデンの名前は聞こえてこなかったし、むしろ同じような夢に悩まされているという相談が相次いでいるようでした」

そう告げたシモンが、セルデンに向かって諭すように言う。

「つまり、セルデン。僕たちはみんな思春期で多感な年頃だからそんなこともあるわけで、あまり気にし過ぎる必要はないと思うよ？　みんながおもしろおかしく話していたのだって、ある意味、お互い様で、たいしたことないと思っていたからだろう。下手をしたら羨望《せんぼう》が混じっていたりもしそうだ」

「違うんです！」

セルデンが、強く反論した。シモンを相手にこれほどはっきり意思表示できるというのは、それだけ必死な証拠であった。

「あれは思春期とか、そんな生易しいものではなく、本当にここしばらく、ずっと夢に苦しめられていて、僕はもうゆっくりとは寝られなくなってしまったんです。それが、本当に辛くて、体力も落ちてきて、今は絶望しか感じられません」

どうやら鬱《うつ》になりかけているようだ。

事の重大さを認識したマクケヒトが、「わかったよ」と応じる。

「わかったから落ち着いて。――ほら、お茶を飲んで」

それを受け、ユウリがまだわずかに残っていたポットのハーブティーを、セルデンのカップに注《つ》ぎ足《た》した。

その間に、マクケヒトが「それなら」と尋ねる。

「さっき、グレイが言っていたことだけど、カエルを殺していたのはなぜ？」

「それは――」

お茶を飲もうとしていた手を止め、セルデンがおずおずと答える。

「……解放のためです」

「解放？」

意外そうに繰り返したマクケヒトが、確認する。

「それって、君が死にたいと思う気持ちを、カエルを殺すことで解放していたということかな？」

いわゆる、転移だ。

霊験のある像に対し、自分が痛い場所と同じところを触ることで、痛みが転移し消え去ってくれるのを願うのに近い。

セルデンが、首をかしげて応じる。

「さあ、わかりません。——ただ、考えたわけではなく、感じたんです」

「感じたって、なにを?」

「それは、カエルを九匹殺せば、僕はこの苦しみから解放されるって……」

「……へえ」

意外そうに相槌《あいづち》を打ったマクケヒトの背後で、ユウリがつぶやく。

「カエルを九匹——?」

数までしっかり決まっているとは、なんとも不思議だ。

しかも、なぜ九匹なのか。

混乱は増すばかりであったが、そのあたりのことにはあまり興味がないのか、マクケヒトはすぐに「なるほどね」と納得すると、今後の対応について話し出す。

「包み隠さずよく話してくれたね、セルデン。君の事情はわかったから、学院長や寮監などと相談して、まずは人目を憚らずに眠れるよう手配しよう。——そうだな、さしあたって、しばらくここで寝るというのはどうだろう?」

「……ここで?」

不安そうにあたりを見まわすセルデンに対し、マクケヒトが付け足した。

「たしかに、ちょっと淋しいかもしれないけど、奥の部屋に僕がいるから心配することはない。それに、夢を見ないくらいぐっすり眠れる薬も処方するし、それを飲んで様子をみてみようか」

「……わかりました」

「大丈夫。きっとまたゆっくり眠れるようになるし、なにより、もう一人で不安を抱え込まなくていい。ここにいるベルジュやユウリも気にかけてくれるし、みんな、君の味方なんだ」

シモンが、それを補足する。

「そうだね。むしろ、君の状態に気づくのが遅れたことを、寮長として謝罪するよ。それに、君は恥ずかしいと言ったけど、さっきの様子からして、ルームメイトのマーランドなんかは、真剣に君のことを心配していたはずだ。――そうでなければ、ナイフを手にした人間を止めたりできない」

「……マーランド」

セルデンが、友人の名前を口にする。

「でも、僕、彼にひどい態度をとってしまったし、もう許してくれないかもしれません」

「そんなことはないさ」

シモンは保証し、「むしろ」と言う。

「君が、つまらない競争心で彼を拒んだりしなければ、きっとうまくいく。友情は、相手を信じることから始まるんだ」

「……相手を信じる」

セルデンが、感慨深そうにつぶやいた。

かつてはとても仲がよかったという二人だが、今は少し歯車がずれてしまっているのだろう。

でも、きっとまた仲のよい友人に戻れると、ユウリは確信していた。

それからしばらくして、セルデンは眠りに落ちた。

どうやらみんなに話を聞いてもらえたことで、すっかり安心したらしい。

セルデンの寝顔を見ながら、マクケヒトがつぶやく。

「『夢魔《インキュバス》』か……」

それを受けて、シモンが不審げに訊く。

「それが、なんですか？」

「いや……」

どこか難しそうな表情を見せて、マクケヒトが応じる。

「ちょっと気になってね。――ほら、彼、さっきホワイトセージの匂いにも嫌悪感を示していたし、もしかしたら、本当に『夢魔《インキュバス》』かなにか、よくないものに取り憑かれているのかもしれないと思って」

それに対しユウリがなにか言うより早く、シモンが咎《とが》めるように告げた。

「だとしても、それがなんだというんです。――もし、そのことでユウリを利用しようと考えていらっしゃるなら、お門違いというものですよ。それに、そもそも、校医の発言としては、いささか非科学的と言わざるを得ないし」

「非科学的――」

青紫色の瞳を細めたマクケヒトが、「僕は」と言う。

「医者として手を尽くした上で、そこに付随する違和感を無視したくないだけだし、ユウリのことを利用しようとも思っていない。ただ、こうして関わったからには、セルデンの不安を取り除く手助けをしてもらえないか、それが訊きたかったのはたしかだ。この際だから、あらゆる可能性を考慮に入れておきたいと思うのは当然だろう。でも、それがダメだというなら、別の方法を考えるまでだ」

言い切ったあとで、「ただ」と付け足す。

「言わせてもらえば、どうするかを決めるのはユウリであって、それこそ、ベルジュが横から口を出すことではないと思うけどね」

正論を返されたシモンが、肩をすくめて応じる。

「たしかにそうですが、ユウリの人の好《よ》さに付け込もうとする図々《ずうずう》しい人間はあとを絶たないので、多少強引であっても、選別はある程度こちらでさせてもらいます」

大人を相手に一歩も引かずに堂々と宣言したシモンが、二人の間でまごついているユウリの肩に手をまわしてうながしながら「ということで」と言う。

「ユウリ、セルデンのことはひとまずマクケヒト先生にお任せして、一旦《いったん》戻ろう。お腹《なか》も空《す》いたし、今後の対策を練るのは食事のあとでもできるから」

7

結局、学生会館にあるカフェでかなり遅めのランチをしながら、ユウリが心配そうに言う。

「セルデン、大丈夫かな……」

すでにアフタヌーン・ティーの時間になろうとしていたが、軽食とお菓子では空腹を満たせないということで意見が一致し、いつでも好きなものを食べられるカフェに落ち着いたのだ。

もちろん平日は授業との兼ね合いがあるため、こんな中途半端な時間帯にご飯を食べることはなかったが、今日は週末で、比較的自由に時間が使える。

シモンが、パスタを上品にフォークに巻き取りながら答える。

「とりあえず、落ち着いていたから大丈夫だろう。――言ったように、彼のことはひとまずマクケヒト先生に任せておけばいい。それで明日、もう一度セルデンと話をして、今度こそ彼の抱えている問題を考えてみよう」

「……そうだね」

マクケヒトが懸念していたように、ユウリもホワイトセージのことが気になっているのだが、なんだかんだセルデンが回復してからでないと話もできないため、今は自分にできそうなことを探してみることにした。

そんなユウリに、シモンが気分を変えるように訊く。

「それはそうと、ユウリ、グラストンベリーはどうだった？」

「……楽しかったよ」

答えたユウリが、「あ、そうだ」と言う。

「それで思い出したけど、シモンにお土産を買ってきたから、部屋に戻る際、ルームミストと一緒に忘れずに持っていってくれる？」

「お土産？」

シモンが意外そうに応じ、軽く眉をあげて言う。

「グラストンベリーなんていつでも行けるんだから、わざわざお土産を買ってこなくてもよかったのに」

「そうなんだけど、一人でぬけがけする形になっちゃったから、お詫《わ》びも兼ねて」

「……ああ、なるほど」

どうやら、自分が若干不機嫌そうにしていた理由を、少し違うほうに取られてしまったと知り、シモンは苦笑を隠せずに言う。

「ぬけがけなんて思っていないよ。むしろ、僕を含めたベルジュ家の都合で君を振りまわす形になってしまって、申し訳なく思っていたくらいだ」

「そんな」

驚いたユウリが、両手をあげて応じる。

「それこそ、そんなことは気にしなくていいよ。僕は僕で、楽しんできたから」

「……だろうね」

それがわかっているからこそ、シモンは若干不機嫌になってしまうのだ。ユウリの楽しい時間に自分が関われなかったことに、腹が立つ。

ただ、それだけのことだった。

そして、そんな自分の子どもっぽさを重々自覚しているシモンが、「それなら」と気持ちを切り替えて訊く。

「問題のお店は、どうだった？」

「すごく感じよかったよ。いわゆる『雑貨店』なんだけど、店主のこだわりのようなものが感じられて、おもしろかった」

「へえ。――それなら、今度グラストンベリーに行った時は、ぜひ寄ってみたいな」

「そうだね」

うなずきつつ、あの店の本来の姿を知ったシモンが、はたして手放しで喜んでくれるかは疑問だと少し慌てる。

通りすがりに入った店なら、たとえそこが怪しげな場所であっても「それも一興」となるだろうが、大事な妹たちが贔屓《ひいき》にしているのが「魔女の店」となったら、そう簡単に割り切れたりはしないはずだ。

（まあ、忘れてくれるのを願うしかないか……）

そんなことを思いながら、ユウリが言う。

「お土産も、そこで買ったんだ。近所の養蜂家から仕入れているという蜂蜜を扱っていたから、なんかいいなと思って」

「それは、嬉しい。――それなら早速、食後のお茶は、僕の部屋で、その蜂蜜を使ったレモンティーにしないかい？」

「――賛成！」

顔を輝かせたユウリが、「実は」と告白する。

「味見をしてみたかったんだ」

「それなら、行こう」

そこで二人は連れ立って寮の部屋へと戻っていった。

第五章　ラペルピンの謎《なぞ》

1

翌日。

のんびりできる日曜日であるにもかかわらず、シモンは午前中の大半を執行部の臨時会議に費やすこととなった。

なにせ、カエル殺しの犯人が判明し、それがヴィクトリア寮《ハウス》の寮生だったのだ。

グレイからその報告を受けた他寮の代表たちは、おそらく自分たちの寮が無関係だったことに内心で胸をなでおろしつつ、真面目《まじめ》くさって原因の究明などをせっついた。中にはグレイやシモンの監督不行き届きを指摘する代表もいて、それらに対応するのはシモンの役目だ。――というより、グレイに押しつけられた。

それはそれでいいのだが、一連の出来事に対する説明の中でシモンが一番厄介だと感じたのは、「夢魔《インキュバス》」との関係性であった。

　言葉を選んで話すシモンに対し、シェークスピア寮の筆頭代表であるビリー・マーロウが「つまり、なんだ」と確認する。政治家の息子であるマーロウは、他人に降りかかる火の粉を見る時に、とても生き生きする傾向があった。

「そのセルドンだったか？」

　名前の言い間違いに対し、同じシェークスピア寮の寮長であるアーサー・オニールが訂正する。

「セルデンですよ」

　炎のような赤い髪とトパーズ色の瞳《ひとみ》を持つ甘い顔立ちのオニールは、英国を代表する大女優イザベル・オニールの息子で、全校生徒の中でもひときわ華がある存在であった。シモンと同じ下級第四学年の寮長の中から三人だけ選ばれた今期の代表の一人で、来期の生徒自治会執行部《スチューデントソサエティ》総長は、このオニールとシモンの一騎打ちになると、誰もが思っている。

　ちなみに、生徒自治会執行部は、各寮の筆頭代表と筆頭代表補佐、そして今も言った下級第四学年の寮長から三人選ばれた代表十三名で構成されている。

　マーロウが鷹揚《おうよう》に応じる。

「失礼、セルデンね。――で、そのセルデンは、自分が『夢魔《インキュバス》』の支配下にあり、それから逃れるために、カエルを殺していたと言っているのか」

「ええ」

うなずいたシモンが、「ああ、もちろん」と付け足した。

「あくまでも本人の言ですが」

「だろうな」

筋金入りの現実主義者であるマーロウが認め、「『夢魔《インキュバス》』なんて」と続けた。

「本当にいるなら、ぜひとも俺のところにも来てほしいくらいだ」

「たしかに」

「受験勉強の慰みに、来てくれないかねえ」

他の代表たちも、呼応するように軽口を叩《たた》く。

それに対し、当のセルデンがどれほど苦しんでいたかを知っているシモンが、淡々と指摘した。

「それは、各寮を代表してここにいらしているお歴々にしては、あまりに浅薄な発言ですね。――事実として、セルデンは、その苦しみから不眠症を患い、さらに鬱《うつ》を発症しかけています。つまり、そんなものに取り憑《と》かれた暁には、受験勉強どころではなくなるわけで、事態の深刻さをわかっていらっしゃらないとしか言いようがありません」

「――おい、ベルジュ」

今は極力他の代表の機嫌を損ねたくないグレイが警告するように名前を呼ぶが、シモンは意見を撤回する気はなかったし、意外なことに、援護射撃が敵陣といえる場所から飛んできた。

「ベルジュの言う通りだと思います」

オニールがシモンを擁護し、「そもそも」と主張する。

「カエルを意味なく何匹も殺すなんて、どう考えても異常行動なわけで、セルデンに、この先、暴力的犯罪に走る傾向があるのでなければ、よほどのストレスを抱えていたと考えざるを得ません」

それから、不服そうにしている代表たちの反論を待たずに、シモンに向けて「一つ」と尋ねた。執行部の会議では、通常、年下の寮長はほとんど口をきかずに一つ上の代表たちのやることを見ているものであったが、オニールもシモンも臆《おく》することなく、むしろ機を見て堂々と発言する。そして、そんな逸脱行為がまかり通るだけの貫禄《かんろく》が、すでに二人には備わっていた。

「僕が気になるのは、なぜカエルだったかなんだけど、そのあたりの因果関係は、もうわかったのかな？」

「いや」

相手が同学年ということもあり、シモンも少しくだけた口調で答えた。

「それは、まだわかっていない。――というか、当人にわからないことであれば、追及のしようがないから」

「つまり、特に理由がないまま、セルデンは、カエルを殺せば、自分は『夢魔《インキュバス》』から解放されると思い込んだってことか」

「そうなるね。――ちなみになんだけど、九匹殺せば解放されると、その数まで決まっているようだった」

「九匹？」

片眉《かたまゆ》をあげたオニールが、「それは」と笑う。

「新たな謎だな。なにか意味があるのかもしれない」

「僕もそう思っているけど、今はセルデンの体調回復が第一だから、そのあたりの究明は後日ということになる」

「なるほど」

納得したオニールが、「それなら、セルデンは」と確認する。

「現在、マクケヒト先生の預かりになっている？」

「うん」

「……まあ、あの人なら、任せておいても大丈夫か」

医師としての実力を認めながらも、どこか皮肉げな口調になったオニールが、気を取り直すように「とにもかくにも」とまとめた。

「これでカエルの死骸《しがい》が見つかることもなくなるだろうし、このことは一件落着ということで、あとのことはヴィクトリア寮に任せていいんじゃないですか?」

「——ああ。そうだな」

年上の代表たちを差し置き、寮長二人の建設的な会話で会議の内容がまとまりつつあることに不満を覚えている様子のマーロウであったが、実際のところ、これ以上あれこれ言っても意味がないため、仕方なさそうに同意した。他の代表たちにしても、顔を見合わせてから軽く肩をすくめるのが精一杯のようだった。

それに対し、これ幸いと喜んだのは、グレイだ。

たいした責めを負わずに済んだことにホッとしたらしい彼は、それまでの態度をコロリと変えて楽しそうに他の代表たちと話し始めた。

現金な上級生を苦笑気味に眺めつつ、シモンが「最後に」と声をあげる。

「現在、カエルを殺していた犯人がセルデンであることを知っているのは、ここにいる各寮の代表とマクケヒト先生、それに、セルデンの行為を止めようとしていた第三学年のマーランド、さらに僕と一緒に現場に居合わせたネットワーク監視チームのパスカル、医務室にいた下級第四学年のユウリ・フォーダムということになりますが、今後、セルデンがこの学校で生活していくことを考え、このことは、他の生徒にはもらさない方針でいきたいと思っています」

「ああ、たしかにそうだな」

グレイがうなずくと、シェークスピア寮のマーロウが横から彼らしい猜疑心《さいぎしん》を示して確認した。

「うちも、とりあえず賛成ではあるが、セルデンは本当に反省しているんだろうな？」

「していますよ」

シモンが断言し、「というより」と続ける。

「先ほども申しあげたように、彼は精神的に少々おかしくなっていたようなので、異常行動に走らせたストレスが軽減さえすれば自然と治るはずです。——治らないようなら、その時にまた考えればいいことですし」

「まあ、そうか」

マーロウが納得し、他の代表たちもうなずいた。

結局、シモンの提言が通り、カエル殺しの犯人の正体は伏せるということがここでの決定事項となる。

「ちなみに、真実を知る人間の数は限られていますから、万が一、話がもれた場合は、必ず元凶となった人間を突き止められると心得てください」

シモンが念を押すと、「そっちこそ」とアルフレッド寮の筆頭代表が釘《くぎ》を刺す。

「下級生やパスカルなんかに対し、口止めを忘れるなよ」

「わかっています。——もとより、余計なことは言わない人間ばかりですから」

「だといいがな」

その後、他の代表たちはコーヒーを飲みながら談笑し始め、その輪に加わる気のなかったシモン一人が、執行部室をあとにする。

そんなシモンを、オニールが廊下で呼び止めた。

「おーい、ベルジュ」

振り返ったシモンに向かい、オニールが続けて文句を言う。

「なにも言わずに行くなんて、ずいぶん素っ気ないな」

「そうかい?」

「そうだよ。——てっきり援護射撃の礼を言ってもらえると思って期待していたのに」

「援護射撃?」

一瞬、なんのことかと思ったシモンが、すぐに思い出して「ああ」と納得する。

「『夢魔《インキュバス》』の件か。——たしかに。ありがとう、話が早く済んで助かったよ」

「どういたしまして」

感謝の言葉を満足げに受け止めたオニールが、シモンと肩を並べて歩き出しながら「それで」と尋ねた。

「実際のところ、君はどう思っているんだい？」

「どうって？」

「もちろん『夢魔《インキュバス》』のことだよ。うちの寮にも、少し前からその噂《うわさ》は流れてきていて、実は興味津々だったんだ」

「興味津々？」

それは、取りようによっては、先ほどオニールがやり込めた浅はかな代表たちとさして変わらないことになる。

そう思ったシモンが不審げに訊《き》き返すと、オニールが「おっと、誤解するなよ」と前置きしてから続けた。

「あの人たちみたいに『来てほしい』とか、そんな不埒《ふらち》な思いではなく、単純に、本当にそんなものがいるのかどうかが気になっただけだ」

「つまり、オカルトめいた興味ってこと？」

「うん」

うなずいたオニールが、「ほら」と言う。

「なにせ、ヴィクトリア寮には『ユウリ・フォーダム』というなんともミステリアスな人間がいるわけで、正直に言って、この手のことが起きてもなんら不思議ではないというかなんというか……」

ユウリの名前が出たところで警戒心に火のついたシモンが、「言っておくけど」と冷たく応じた。

「今回の件に、ユウリはまったく関《かか》わっていないから」

「そうなんだ?」

「うん。期待に添えなくて申し訳ないけど」

口先だけで謝ったシモンは、これで話は済んだとばかりに「じゃあ」と軽く手をあげて足を速め、とっととオニールのそばを離れた。

2

ヴィクトリア寮に戻ってきたシモンは、食堂脇《わき》に設置された大型テレビのまわりにたむろしていた寮生たちの中にマーランドの姿を見つけて声をかける。

「マーランド」

するとその場にいた下級生たちが五月雨式に振り返り、それぞれが「わっ」とか「ベッ」と謎の一語を発したあと、全員が直立不動の姿勢を取った。それがまるでプレーリードッグの群れのように見えたシモンが、苦笑しつつ人さし指を曲げるようにしてマーランドを手招きする。

「君に話がある。——他は、遊んでいていいから」

それでもすぐに動き出さないのは、ほとんどの生徒がシモンの神々しい姿に見惚《みと》れていたせいだろう。廊下ですれ違っただけで興奮のあまり失神した生徒がいるという嘘《うそ》か真《まこと》かわからない逸話を持つシモンは、下級生にとってまさに「神」のような存在なのだ。

緊張した面持ちのマーランドが近づいてくると、ちょうど食堂から出てきたらしい第三学年のオスカーが声をかけてきた。

「あれ、珍しいな、マーランド。なにかやらかした？」

だが、もちろん、マーランドにもシモンから名指しで呼ばれる理由などわからず、ひたすら恐れおののいている。

代わりに、シモンが片手をあげて応じた。

「ああ、オスカー。心配せずとも、彼に内密の話があるだけだから」

「――そうですか」

了解しつつ、今度は「内密」という語に食指を動かされたような表情を見せたため、シモンが念のために釘を刺す。

「言っておくけど、君は知らなくていい話だから、あとでマーランドを問いつめたりしないように」

「……わかりました」

肩をすくめて応じたオスカーをその場に残し、シモンはマーランドを連れて寮の外に出ていく。

それを、その場に居合わせた生徒たちが羨《うらや》ましそうに見送った。

寮から少し離れた場所まで来たシモンは、まわりに人気《ひとけ》がないのを確認してから、マーランドに尋ねる。

「マーランド、君は今日、セルデンの様子を見に行ったかい？」

「はい」

緊張に頬《ほお》を赤らめながら、マーランドが答える。

「さっき、行ってきましたが、昨日より元気そうで安心しました」

「そう。それはよかった」

シモンが「それなら」と続けて問う。

「一つ確認しておきたいのだけど、セルデンがカエルを殺していたことについて、誰かに話した？」

「まさか」

心外そうに応じたマーランドが、すぐに否定する。

「話すわけありません」

「だろうね」

シモンも認めて、言う。

「君が話すとは思っていなかったけど、いちおうはっきりさせておく必要があってね。というのも、生徒自治会執行部の方針で、この件について、セルデンの名前は伏せることになったから、関係者全員に緘口令《かんこうれい》が敷かれる」

「緘口令――」

納得したようにうなずいたマーランドが、「だとしたら」と確認する。

「セルデンは、回復したあと、今回のことで肩身の狭い思いをせずにここで暮らしていけるんですね？」

「うん。そうなることを願っている」

シモンの言葉にホッとした様子のマーランドが、「よかった」と喜ぶ。

「実は僕、それがちょっと心配だったんです。あんなことが知れわたると、きっとセルデンに対して嫌なことを言うやつも出てくるだろうと思っていたから」

「わかるよ」

真摯《しんし》に応じたシモンが、「だから、万が一、秘密がもれた場合は」と付け足した。

「君が彼の力になってやってほしいし」

「それは、そのつもりですけど」

勢い込んで言ったあと、「ただ」とマーランドは自信なさそうに下を向く。

「向こうが、それを喜ぶかどうか……」

やはりマーランドは友人思いの人間であるようだ。

柔らかい眼差《まなざ》しで下級生を見おろしたシモンが、「セルデンも」と勇気づける。

「君とまた仲よくしたいと思っているよ」

「本当ですか？」

「うん。——ただ、君たちくらいの年齢の頃は、どうしても自分と友だちを比べてしまうからね。君がラペルピンを持ってきたことで、彼は、君の世界がこれからどんどん広がっていくような気がして淋《さみ》しかったんだと思う。置いてきぼりを食らったようにも思えたんだろう」

「そんな！」

マーランドが心外そうに反論した。

「あれは、単に嬉《うれ》しくて――」

その嬉しさを、友だちと共有したかったに過ぎない。

「わかっているよ。僕はわかっているし、彼もきっとわかってくれるはずだ」

シモンが言うと、「あ」となにかを思い出したようにマーランドが声をあげた。

「だからか」

「――『だからか』って、なにが？」

「ああ、いえ」

一人で興奮してしまったマーランドが、恥ずかしそうに説明する。

「ラペルピンといえば、あのあとセルデンがちょっと変わったラペルピンを持ってきて、僕たちに見せたんです」

「ラペルピン？」

「はい」

初耳であったシモンが、興味を示して尋ねる。

「今、『変わった』と言っていたけど、どういうところが？」

「それは、針先がむき出しになっていたり、針自体も少し太かった気がします。――たぶんアンティークだと思いますが、ヘッドに――えーっと、あれはなんて言うんだったかな……ユリの紋章？　――がついていたのも印象的で」

「『フルール・ド・リス』のこと？」

「ああ、それです」

うなずいたマーランドが、「今、思えば」と過去を振り返る。

「そのすぐあとくらいから、セルデンの様子がおかしくなっていった気がします」

そんなマーランドの感想を受け、シモンが「へえ」と相槌《あいづち》を打って考え込む。

（アンティークのラペルピンか……）

それは、かなり気になる情報だ。

そんなシモンの様子を見て、マーランドが慌てて言う。

「もちろん、ただの思い込みで、実際に関係あるかどうかはわかりません」

「うん、わかっている。――でも、よく思い出してくれたね」

その後、マーランドを解放したシモンは、その足で学生会館まで引き返し、医務室にいるセルデンのもとを訪れた。

せっかくだから、ラペルピンについて訊いてみることにしたのだ。

マーランドの言葉通り、セルデンは昨日より顔色がよくなっていて、マクケヒトが「明日からの授業は問題なく出られるだろう」と太鼓判を押してくれた。

そのマクケヒトが他の生徒の対応をしている隙《すき》に、シモンがサンルームで本を読んでいたセルデンに声をかける。

「セルデン。ちょっといいかな？」

「あ、ベルジュ」

驚いたように立ち上がった彼を片手をあげて座らせ、自分も対面に座りながら尋ねる。

「具合はどう？」

「おかげさまで、昨日の夜はよく眠れて、今朝は気分よく目覚めました」

「それは、よかった」

「……もしかして、僕を心配してわざわざ来てくださったんですか？」

感動したように言うセルデンに、シモンが「まあね」と曖昧《あいまい》に応じる。

「それもあるし、ちょっと訊きたいこともあって」

「訊きたいこと……ですか？」

「そう」

うなずいたシモンが、少し間を置いて「君」と切り出す。

「変わったラペルピンを持っているんだって？」

「ラペルピン？」

一瞬首をかしげたセルデンが、すぐに「ああ」と思い至る。

「たしかに、持っています。——たぶん、制服のポケットに入っているはずですが」

「……制服のポケット」

それを聞いた瞬間、シモンの脳裏に、昨日のごたごたの最中、隣のベッドに投げ捨てられていたセルデンの上着を拾ってハンガーに吊《つ》るすユウリの姿が浮かんだ。しかも、その際、ユウリはなにか気になることでもあるかのように、何度も何度も制服に触っては、埃《ほこり》でもはらうようにパタパタとあちこち叩いたりしていた。

その様子が少し気になっていたのだが、あの時、ユウリはいったいなにをはらおうとしていたのか。

(……もしかして、彼にしか見えないなにかを『祓《はら》おう』としていた？)

そんなことを思うシモンの前に、制服の上着を持ってきたセルデンがポケットから取り出したラペルピンを差し出す。

「これです」

その時、なにか葉っぱのようなものが制服のポケットから落ちるのを見たシモンが、ラペルピンを受け取りながらもそっちに気を取られて言う。

「今、なにか、落ちたみたいだよ」

「え？」

「ほら、そこ」

シモンが指さしたところを見たセルデンが、床にかがみ込んで言う。

「本当だ。……なんだろう？　なにかの葉っぱかな」

「葉っぱ？」

セルデンが拾いあげた白っぽい葉を見たシモンが、秀麗な顔をしかめる。

「……嫌な臭《にお》いがするな」

「ですよね」

同意したセルデンが、それを近くのゴミ箱に捨てた。

実は、それは、昨日ユウリがそっと忍ばせておいた魔除《まよ》けのホワイトセージであったのだが、セルデンはもとより、ラペルピンを手にするシモンにまで、嫌な印象を与えてしまったようだ。

ホッとしたようにシモンが、言う。

「ありがとう、セルデン。――それで、なんだっけ？」

シモンにしては珍しく、話の趣旨を忘れたように言ったあとで、「あ、そうそう」と続けた。

「このラペルピンについて、ちょっと立ち入ったことを訊くようだけど、誰かにもらったかなにかしたのかな?」

　とたん、警戒するような表情になって、セルデンがうつむく。

「——なぜ、そんなことを訊くんですか?」

「それは、ちょっと気になったから」

　するると、しばらく下を向いたまま悩んでいたらしいセルデンが、ややあって「すみません」と謝り、重い口を開いた。どうやら、シモンを相手に嘘やごまかしは通用しないと諦《あきら》めたようである。

「実はそれ、僕のものではなく、図書館で拾ったものなんです」

「図書館で?」

「はい」

　セルデンが白状したところによると、問題のラペルピンは落とし物ですらなく、誰かが密《ひそ》かに隠したまま、忘れ去られてしまったものであるようだ。

「——なるほど。書架のうしろにねえ」

「そうです」

　うつむいたままうなずいたセルデンが、恥じ入った様子で謝った。

「ごめんなさい。マーランドに対抗しようと思って、つい。——でも、盗もうなんて気はさらさらなくて、そのうち元に戻しておこうと思っていたんです」

「そのうち、ね……」

それはいつのつもりだったのか。

苦笑を禁じ得ないまま、シモンが指摘する。

「そうは言っても、君のやったことは窃盗で立派な犯罪だ」

「窃盗――」

自分の罪について深く考えていなかったらしいセルデンが、その言葉で急に怖くなったように縮こまる。

「もしかして、僕は退学ですか？」

「そうだな……」

少し考えてから、シモンがラペルピンをセルデンに返しながら言う。

「さすがに退学ということはないと思うし、とりあえず、今は体調を回復することに専念しよう。その間に、僕もどう対処するかを考えておくから」

「はい――」

うなだれたセルデンに、シモンが言う。

「カエルの件もあるから、無罪放免とはいかないと思うけど、できれば始末書だけで済むよう、僕も力を尽くすから、そんなに心配しなくていい。――ただ、今ここで、二度とこういうことをしないと誓ってくれるね？」

「もちろん、誓います」

間髪《かんはつ》を容《い》れずに断言したセルデンにゆっくり休むように言い、シモンは医務室を出ていった。

3

シモンがあれやこれやで忙しくしていた午前中、ユウリは図書館で「夢魔《インキュバス》」について調べていた。

言葉としては聞いていても、その実態はよくわからない。

そして、それはあれこれ調べてみたあとでも同じであった。

(う〜ん)

ユウリは、何冊も積みあげた本に埋もれながら頭を抱えている。

(よくわからないし、そもそも)

開いた本のページをペラッとめくりつつ、考える。

(「夢魔《インキュバス》」が襲うのって、女性みたいなんだけどなあ……)

それなのに、この学校では男子生徒が「夢魔《インキュバス》」の餌食《えじき》となっている。

なぜか——。

「もしかして、原因は『夢魔《インキュバス》』ではないのかな?」

考えてみれば、誰が言い出したかわからないまま言葉だけが先行していたわけで、似たようなものに「悪夢《ナイトメア》」などがある。

これは最初からやり直すべきかと思いながら、ユウリがつぶやいていると――。

「当たり前だ」

ふいに背後で高飛車な声がした。

ハッとして顔をあげると、いつの間にか背後に忍び寄っていたアシュレイがテーブルに積まれた本の一つを手に取ってパラパラとめくりながら教える。

「この学校にいるのが性に飢えた未熟な男どもである限り、お前が調べるべきは『夢魔《インキュバス》』ではなく、どう考えても『女夢魔《サキュバス》』だ」

「サキュバス？」

覚束《おぼつか》なげに繰り返したユウリは、アシュレイが別のページを開いてよこした本の内容に目を走らせる。

「……ああ、なるほど。女性の『夢魔《インキュバス》』がいるんですね」

「だから、『夢魔《インキュバス》』ではなく、『女夢魔《サキュバス》』だと言っているだろう」

ユウリの納得の仕方に異議を唱えたアシュレイが、彼らのおしゃべりを注意しに来たらしい他の生徒をひと睨《にら》みで撃退する。ただ、話の内容が内容であるだけに、そのあと、彼は顎《あご》でユウリを小さなバルコニーへと誘った。

明かり取りのために設けられている縦長の窓には、大人二人が立てるくらいの小さなバルコニーが付随していて、天候が悪くない限り、出入りは自由だ。

先にバルコニーに出て欄干に両肘《りょうひじ》をつくようにもたれかかったアシュレイが、窓の前に立つユウリに向けて「本来」と話を続ける。

「夜の悪霊としてメジャーだったのは『女夢魔《サキュバス》』のほうで、『夢魔《インキュバス》』が盛んに取りあげられるようになったのは、魔女狩りにおける魔女の背信行為の一つとして、悪霊との性行為がとても好都合だったからに過ぎない」

「好都合？」

「ああ」

うなずいたアシュレイが、人さし指をあげて言う。

「考えてもみろ。この手の性的な夢というのは、あくまでも脳内で起きていることであって、外的に認知するのは難しい。ただ、男の場合、比較的わかりやすい生理現象をともなったりするから、古来、それを精気を奪う悪霊の仕業と考え、それに美しい女の姿をあてがったのは自然な成り行きといえる」

「なるほど。それが『女夢魔《サキュバス》』なわけですね」

「ちょっと違うが、まあそうだ」

「ちょっと」なにが「違う」のか。

疑問をはさむ隙を与えず、アシュレイは「それに対し」と説明を続けた。

ユウリのほうでも、うっかり持ってきてしまった本を抱きしめながらアシュレイの解説に耳を傾ける。博覧強記を誇るアシュレイの説明は、「百聞は一見にしかず」どころか「百読は一聞にしかず」といった現象を引き起こすからだ。

「もう一つの『女夢魔《サキュバス》』の正体——、いや、この場合、男女どちらにもあり得ることだから、ひとまとめに性的な悪夢《ナイトメア》に隠された事実とでもいうべきか」

「性的な『悪夢《ナイトメア》』？」

気になる単語が出てきたところで、ユウリが急いで質問する。

「ちなみに、『夢魔《インキュバス》』や『女夢魔《サキュバス》』と『悪夢《ナイトメア》』の違いって、なんですか？」

アシュレイの前でこんな風に自然体でいられる人間はあまりいない。

実は、ユウリにしてみても、予測不能なアシュレイのそばにいるのはかなり緊張するのだが、それと同じくらい、彼の話には引き込まれるし、傾聴すべきなにかがあるのはたしかだった。とどのつまりが、自分の状態より使命感を優先できるところが、ユウリらしいといえばユウリらしい。

アシュレイが、そんなユウリをおもしろそうに見おろして答える。

「それは、認識としては、現象に対する名称と、現象に付加された悪霊に対する名称というのが近いだろうが、今も言ったように、『悪夢《ナイトメア》』は必ずしも性的なものとは限らず、むしろ恐怖の強いものを呼ぶことが多い。ただ、広義にとらえれば、『夢魔《インキュバス》』や『女夢魔《サキュバス》』も『悪夢《ナイトメア》』の一形態と思っていい」

「そうか」

納得するユウリに、アシュレイが説明を続ける。

「で、もう一つの正体だが、お前はガス灯以前の夜の闇《やみ》について考えたことがあるか？」

「ガス灯以前？」

不意な話の転換についていけず、ユウリが首をかしげる。

「どういう意味ですか？」

「だから、蠟燭《ろうそく》や松明《たいまつ》で夜の闇を相手にしていた時代の話ってことだ。当然、一万年近くに及ぶ人類の歴史において、ガス灯などが夜の闇を照らすようになったのは、ほんのここ二百年くらいのことに過ぎない。——ああ、一万年近くと言ったのは、神話として描かれる超古代人たちが、我々が把握しきれていない高度な文明を持っていた可能性を考慮してのことだから、この際、長い年月と考えてくれたらそれでいい。とにかく、俺たちが認識している限りにおいて、ガス灯以前の夜の闇というのは、今では想像もできないくらい深く濃いものだった。……そうだな、蠟燭しか手元にない時に、その蠟燭を吹き消したあとの闇を想像してみれば、少しはわかるだろう」

「たしかに」

納得したユウリは、案外、その闇が容易に想像できた。

彼の母親の実家である幸徳井《かでい》家の修行場では、完全な闇に入っての精神修行があり、ユウリも昔、体験したことがあったからだ。

アシュレイが「そんな闇の中では」と言う。

「隣に寝ている伴侶《はんりょ》のところや同じ室内にいる娘のところに、不埒な輩《やから》が忍び入って平然と事を為《な》すこともあり得たわけで、その結果、処女の娘の妊娠なんてこともたびたび起こったんだろう。そんな想定外の妊娠や、暗がりの中、すぐ隣で蠢《うごめ》く怪しげな気配――音は聞こえても、姿は見えないという夜陰に紛れた明らかな性行為に対し、『夢魔《インキュバス》』や『女夢魔《サキュバス》』という悪霊をあてがった」

「え、あてがったって……」

ユウリが、目を丸くして確認する。

「現実に起きている不貞行為や、下手をしたら強姦《ごうかん》になるかもしれない卑劣な行為を、悪霊という目に見えないもののせいにしてごまかしたってことですか？」

「ぶっちゃけ、そうだ。しかも、俺が思うに、妊娠という現実がともなう『夢魔《インキュバス》』なんかは明らかにそちらのほうが多勢を占めていたはずだ。――日本における『妖怪《ようかい》』なんかの概念も似たようなものだろう。現実として認識するのに憚《はばか》られるような行為や現象を、『妖怪』という架空の存在の中に押し込めた」

「……まあ、言われてみれば、そうかもしれません」

ひとまず認めたユウリが、「でも」と納得がいかなそうにつぶやく。

「今現在、セルデンが、そうした具体的な被害を受けているとも思えないんだけどなあ」

そのつぶやきを聞き逃さなかったアシュレイが、「なるほど」と納得したように言う。

「そいつが、今回、『黒い月』のターゲットになっているってわけか」

「『黒い月』?」

ユウリが繰り返すが、アシュレイは答えず、「で?」と問う。

「お前は、なにを隠し持っている?」

「隠し持つ?」

「ああ」

もたれていた欄干から身体《からだ》を起こし、威圧するように距離を縮めてユウリを上から覗《のぞ》きこんだアシュレイが、誘惑するような口調で告げる。

「言っておくが、歴史の中で『夢魔《インキュバス》』がどういう位置づけにあったとしても、俺は、今ここで起きていることを否定する気は毛頭ない。その上で、悪霊どもが笑いながら夜な夜な飛びまわっているような状況下で、お前がなにも手にしていないなんてことは、俺の計算上、あり得ないことだからな。——ま、一種の願望とも言えるが」

唐突に迫ってきたアシュレイにどぎまぎしつつ、ユウリは考えた。

「……別に、なにも隠し持ってはいません」

「即答するな。もっとよく考えろ。——というか、考えないから、脳味噌《のうみそ》が干からびるんだよ」

「そう言われても……」

困ると悩みつつ、それでも少し考えたユウリが、「ああ、強《し》いて言うなら」と思い出したことを伝える。

「昨日、『魔女の店』に行った時に渡された魔除けのホワイトセージや『新年の贈り物《ストレナエ》』としてもらい受けたヴァーベナの苗木なんかはありますけど」

「へえ、ヴァーベナの苗木ね。……女神の幸運ってやつか」

当然のごとくつぶやいたアシュレイが、「なんで」と問う。

「そんなものをもらい受けることになった？」

「なんで？」

理由など考えてもみなかったユウリが、大きく首をかしげつつ「なんで？」と口中で繰り返す。

「言われてみれば、なんでだっけ。……えっと、たしか、それをもらったのって、あの店で買い物をしたあとだから……、ああ、違うな」

だんだんと思い出してきたユウリが、「そうだ」と言う。

「その前に、金の輪をもらった――というか、ある意味、引き取ることになって、そのお礼に店主がくれたんです」

「店主ってことは、魔女か？」

「……たぶん」

認めたあとで、ユウリは付け足す。

「魔女の定義にもよると思いますが……」

あの店主が、おとぎ話に出てくる「魔女」たちのように、夜な夜な箒《ほうき》に乗って空を飛んだり、人を呪《のろ》ったりするようには思えなかった。

それに対し、鼻で笑ったアシュレイが「当たり前だろう」と呆《あき》れたように言う。

「お前じゃあるまいし、そんなのは、言われなくてもわかっている。——それより肝心なのは、その『金の輪』？」

実体がつかめないまま、アシュレイは続けた。

「それを引き取ることになった意味だろう」

「意味……」

指摘されて初めて「そうかもしれない」と思いながら、ユウリは考える。

店主はあの時、ユウリに向かって、「あんたには、この子を救ってやるだけの力があるはずだ」と告げた。

「この子」とは、もちろん「金の輪」のことだ。

それはそれで、そういうこともあるかもしれないと納得してもらい受けたのだが、正直に言って、その時点ではなんの目途《めど》も立っていなかったし、そのあと色々あって、その存在を失念しかけていた。

　だが、よくよく考えたら、このタイミングで手に入れたことには意味があり、あの金の輪が、実はこの学校を騒がせている「夢魔《インキュバス》」――アシュレイ曰《いわ》く「女夢魔《サキュバス》」となにか関わりがある可能性も否定できない。

　そこで「あ」と声をあげたユウリが、あることを言いかける。

「気になるといえば、もっと気になることがありました。実は、『女夢魔《サキュバス》』の影響下にありそうなセルデンが――」

　だが、説明しかけたユウリの背後で縦長の窓が開かれ、ユウリが振り返る間もなくシモンの貴族的な声が響く。

「――捜したよ、ユウリ」

　それから、正面にいるアシュレイを冷ややかに見て挨拶《あいさつ》する。

「どうも、アシュレイ。やっと学校で姿を見かけたかと思ったら、こんなところで密談ですか？」

　それに対し、底光りする青灰色《せいかいしょく》の瞳でシモンの顔を見返したアシュレイが、「俺が」と威圧するように告げた。

「どこでなにをしようと、お前に関係ないだろう。――それより、相変わらず空気を読めない男だな」

「今の場合に限っては、読めなくて結構」

淡々と言い返して、ユウリに手を差し伸べる。

「さあ、ユウリ。こんなところで油を売ってないで、行くよ。お昼を一緒に食べる約束だったろう?」

「あ、そうだ」

腕時計を見おろしたユウリが、「もうこんな時間……」と驚く。

すると、そんな二人の脇を通り過ぎながら、アシュレイが「お手々繋《つな》いでランチも結構だが」と警告する。

「悠長なことを言っている間に、下級生の魂が食われちまわないよう気をつけろ」

4

「それで、ユウリ」

学生会館にあるカフェに落ち着いたところで、シモンが尋ねる。

「アシュレイと、どんな話をしていたんだい?」

だが、ランチメニューのパスタをフォークでかき混ぜているユウリからは、なんの返事もない。お皿の中ではソースと麺《めん》が完璧《かんぺき》に混ざった状態になっているが、それらを食べる素振りはまったくなかった。

まさに、「心ここにあらず」である。

小さく溜《た》め息《いき》をついたシモンが、ユウリの目の前で軽くパチパチと指を鳴らす。

「ユウリ。聞いている?」

ハッとしたように視線を向けたユウリが、謝る。

「あ、ごめん。――なに?」

「だから、アシュレイとなにを話していたのかって」

「アシュレイ?」

すでにそのことすら忘れていたらしいユウリが、意外そうに上級生の名前をつぶやいてから「ああ、えっと」と思い出したように答える。

「『夢魔《インキュバス》』についてだよ」

「『夢魔《インキュバス》』――」

シモンが、秀麗な顔をしかめて応じる。

艶《つや》めいた噂も多いアシュレイと二人きりでそんな話をするのは、少々無防備である気がしたからで、すぐに警鐘を鳴らすように続けた。

「それは、なかなか大胆だね」

「そうかな?」

ようやくパスタを食べ始めたユウリが、無邪気に言い返す。

「でも、アシュレイと話すためには、胆力より知力のほうがよっぽど必要かも……」

苦笑したシモンが訊く。

「それなら、役に立ちそうな話が聞けたんだね?」

「そうだね。――まず、問題となっているものの定義だけど、あれは『夢魔《インキュバス》』ではなく『女夢魔《サキュバス》』だって」

「へえ」

「『夢魔《インキュバス》』に性別があるなんて、シモンは知ってた?」

「まあね。二種類あるのは知っていたよ。でも、問題とされているのが性的な夢のことだというのはしっかり伝わっていたから、あまり気にしてなかった」

説明したシモンが、「むしろ」と続ける。

「アシュレイって、案外細かいところを気にするんだな。変なところで律儀というか」

「たしかに」

小さく笑ったユウリが、「ただ、僕も」と告げる。

「最初はどっちでも同じだと思ったんだけど、どうやら、アシュレイはこの二つを混同することがとても気に入らないみたいだった。愚の骨頂と思っているのかも。——あと、どちらにせよ、多くの場合、その正体は悪霊なんかではなく、闇の中で行われる人間の蛮行だって」

「ふうん」

水に手を伸ばしたシモンが、一口飲んでから「そんな」と言う。

「ありていな文化論を振りかざして、どういうつもりなんだろう?」

「そうだけど、真意は別にあった気がする」

残念ながら、時間切れで聞くことはできなかったが——。

ユウリが煙《けぶ》るような漆黒の瞳を翳《かげ》らせながらアシュレイを擁護するが、シモンは取り合わない。

「どうかな。それらしい話でユウリの気を引いてみただけで、実際のところ、今回はさして有益な情報を持っているわけではないのかもしれないよ」

それは、ある意味、シモンの願望だ。そう毎回毎回、こちらが欲してやまない答えを手品のごとく取り出されてはたまったものではないし、矜持《きょうじ》も傷つく。いや、すでにズタボロにされつつある。

「本当にそう思う？」

半信半疑のままでいるユウリに、シモンが「だって」と付け足した。

「もし、彼がこの件についてなにか情報を握っていたのなら、もっと前からなにかしら口をはさんできてもおかしくないのに、そうしなかった。明らかに静か過ぎたわけで、あまり姿を見なかった点も踏まえて、他のことで忙しかった可能性は大いにあり得る」

「なるほど」

ユウリもひとまず納得するが、「ただなあ」と懸念を口にした。

「だとしても、アシュレイが言い残した言葉は、やっぱり気になる……」

「言葉って、もしかして『悠長なことを言っている間に、下級生の魂が食われちまわないよう気をつけろ』――っていうアレ？」

「そう」

「まあ、たしかに」

シモンが認める。

「気にならないと言えば嘘になるし、その点では、本当に、捨て台詞《ぜりふ》の天才と言わざるを得ないな」

「だよね」

　アシュレイは、この件について、なにをどこまで知っているのか。

　相変わらず謎めいていて、人の気を引くのがうまい。

「ああ、でも、そういえば」

　シモンが、ふいに嫌なことを思い出したように告げた。

「ちょっと前に、『夢魔《インキュバス》』から身を守るのにカエルが有効だと発信しているサイトがあると下級生が話してくれたのを覚えている？」

「うん。覚えているよ」

「結局、その発信者はわからずじまいで、ただパスカルが言うには、痕跡《こんせき》の消し方からして、かなりパソコンに詳しい生徒だろうということで、候補者としてあげてくれた名前の中に、当たり前といえば当たり前だけど、アシュレイの名前もあったんだ」

「そうか」

　だとしたら、今回の件に今までまったく興味を示していなかったように思えたのはあくまでも表面的なことに過ぎず、裏ではしっかり関わっていた可能性が高い。

「だけど」と、シモンが考え込むように言う。

「それならそれで、やっぱりユウリに接触してくるのが遅過ぎる気もするけど……」

「え、そんなことないよ」

あっさり否定したユウリが、「思うに」と続ける。

「アシュレイにとっては自分の興味が絶対なのであって、僕に絡んでくるのは、その途上にいることが多いからに過ぎないんじゃないかな。つまり、必要ない限り、僕だろうが誰だろうが構ったりすることはない」

「う～ん。どうだろうね」

同意はできかねるといった様子で応じたシモンが、「まあ」と希望的観測を口にする。

「なんであれ、こちらに構わないでいてくれるに越したことはない」

願ってはみたものの、残念ながら、アシュレイがこのような状況下でユウリのことを放っておくわけがなかったことを、シモンは、このあとすぐに、嫌というほど思い知らされる。

5

お昼を終えてヴィクトリア寮に戻ってきた二人は、セルデンの今後のケアの仕方を話し合うため、ひとまずユウリの部屋でお茶をすることにした。

だが、部屋の扉を開けた瞬間——。

「遅い」

不機嫌そうな声が飛んでくる。

「パリにフランス料理のフルコースでも食いに行ってたのか？」

アシュレイだ。

ソファーの背に腕をかけてもたれ、まるでこの部屋の主《あるじ》のように寛《くつろ》いでいる。

だが、ここはユウリの部屋であって彼の部屋ではない。当然、許可なく勝手に入ったわけで、神域を土足で汚されたような気分になったシモンの横で、まずはユウリが驚きを口にする。

「あれ、アシュレイ？　なんで？」

それに対し、アシュレイが答えるより早く、シモンが皮肉げに言い放つ。

「たいそうな寛ぎようですが、残念ながら部屋を間違えていますよ？」

「おもしろい冗談だな」

「どこが、です。もし間違えていないのだとしたら、いい加減、自分が招かれざる客だというのを――」

だが、そんなシモンの台詞に、ユウリののほほんとした声が重なった。

「あ、とりあえず、今、お茶淹《い》れますね。話はそれから……」

途中で自分の言葉とシモンの意向にずれがあることに気づいた上、すぐにシモンから非難の眼差しを向けられたため、ユウリの声は尻《しり》すぼみになる。

とはいえ、覆水盆に返らず。

放った言葉は、ここぞとばかりに受け止められてしまう。

「どうやら」とアシュレイが、勝ち誇ったように言う。

「招かれたみたいだぞ」

ユウリが、小声でシモンに謝る。

「ごめん。うっかり――」

「たしかに、みずから悪魔を招き入れるなんて、軽率としか言いようがない」

すると、それに賛同する声が、当の悪魔から飛んできた。

「同感だな。――軽率なことに、みずから悪霊の餌食となったやつにも言ってやれ」

その言葉でユウリと顔を見合わせたシモンが、「それは」と確認する。

「セルデンのことを言ってますか？」

「他に、誰がいる」

「いませんね」

即答したシモンが、「それなら」と問う。

「貴方《あなた》は彼が『夢魔《インキュバス》』――ああ、『女夢魔《サキュバス》』でしたっけ？――どっちでもいいですが、それに取り憑かれていると確信しているんですね？」

「どっちでもよくないが、まあ、いい。――質問の答えは、『イエス』だ」

「思春期や過度のストレスが重なった結果による錯覚や生理現象ではなく？」

「そうだ。だから警告してやったのに、それを無視して、よくもまあ、のんべんだらりと飯なんて食っていられるな」

「すみません」

とっさに謝ったユウリの横で、シモンが「別に」とつまらなそうに応じる。

「のんべんだらりとしたつもりはありませんよ。それに、いくら僕たちがあたふたしたところで、セルデンの容態が変わるわけではないでしょう」

「へえ。――でも、言っておくが、『黒い月』の勢力は、欠け始めた時がもっとも強くなるといわれている。つまり」

天井をグルグルと指さしながら、アシュレイはどこか楽しんでいるように告げた。

「こうしているうちにも、そいつの命運は尽きようとしているってことだ」

「命運が尽きる……」

不安に駆られてつぶやくユウリをチラッと横目にとらえたシモンが、眉をひそめて問いかける。

「そんな脅しをかけるようなことを言いますが、そもそも、貴方がこの件を魔物の仕業と考える根拠はどこに——」

すると、話の途中で身体を起こしたアシュレイが、テーブルの上に置いてあったものを取りあげて、フリスビーのようにシモンに向けて投げてよこした。

とっさに受け止めたシモンの手の中には、ユウリが「魔女の家」でもらった金の輪が収まっている。

「……これは？」

「ご所望の『根拠』ってやつだ。——そうだろう、ユウリ？」

「え？」

急に名指しで確認され、ユウリがまごつく。

それを底光りする青灰色の瞳でおもしろそうに眺めたアシュレイが、「だが、まあ」と現実的な要求をした。

「話を続ける前に、ユウリ、茶はどうした。客人を迎えるのに茶の一杯も出さないとは、いい根性じゃないか」

「ああ、すみません。すぐに淹れますね」

素直に従ったユウリに対し、シモンはとても不満げだ。

ただ、こういう流れになったからには、アシュレイの存在を無視するわけにもいかないため、仕方なくソファーに座って手の中のものをつぶさに観察する。

(壊れているけど、これって……)

考えるうちにも、ユウリが淹れたてのお茶を二人の前に置き、彼自身もマグカップを手にして座り込む。

それを機に、シモンが「で、アシュレイ」と会話を再開した。

「これのどこが根拠になると？」

「根拠というか、一種の物理的な鍵《かぎ》だな」

「鍵？」

「ああ」

意外な返答に、もう一度手元の金の輪を見おろしたシモンが「でも」と言い返す。

「とても鍵には見えませんよ。どちらかというと……そうだな、リングブローチのリング部分といったところですかね。しかも、象嵌《ぞうがん》されている宝石のカットの仕方といい、かなり古いものと見ていいでしょう」

すると、ユウリが意外そうに横から尋ねた。

「リングブローチ？」

「うん。——ほら、この部分」

輪の一ヵ所を指で示しながら、シモンが説明する。

「両側に爪《つめ》があるから、今は失われてしまっているけど、おそらくここにブローチとして機能するためのピンが取り付けられていたはずだ」

「……ピン」

「ちなみに、リングブローチは、まだボタンという便利なものが発明されていなかった時代に、衣類やマントの留め具として重宝されていて、王侯貴族などはこんな風に宝石類をあしらってアクセサリーの一つにしていたんだ」

「へえ」

シモンの説明を聞きながら、ユウリはふと、今年のお正月に見た初夢のことを思い出していた。

誰かがピンを探している夢。

どうしてなのかはいまだにわからなかったが、実際、ユウリの前には、こうしてピンのなくなったリングブローチがある。

それらがまったく無関係とは思えない。

考え込むユウリの横で、シモンが金の輪をひっくり返して言う。

「それで、このリングブローチの場合、こっち側に文字が刻まれているけど、中世に作られたアクセサリーには、神を讃《たた》える言葉や祈りの言葉などが彫《ほ》られたものがあって、それらはお守りや魔除けとしての機能も兼ね備えていたんだ」

「魔除けかあ……」

「ただ、見る限り、これはちょっと違うみたいだけど」

「違うって、文言が？」

「そう。『サンヴィ』とか『サンサンヴィ』とか『セマンゲラフ』？　……たぶん、なにかのおまじないだろうね」

「……おまじない」

そこで、ユウリがなにかに気づいたように付け足した。

「おまじないといえば、以前、下級生たちが『夢魔《インキュバス》』除けのおまじないがどうのって話していなかったっけ？」

「ああ、たしかに。言われてみれば、カエルをつかまえようとしていた子たちが、そんなことを言っていた」

その時は、下級生たちもはっきり覚えていたわけではなかったらしく、「サンサン」としか言わなかったのだが、もしかしたら「サンヴィ、サンサンヴィ」と言いたかったのかもしれない。

　すると、二人の会話がじれったくなったらしいアシュレイが、シモンの手から金の輪を取り戻して「だ、か、ら」と強調する。

「これが鍵だと、さっきから言っているだろう。ごちゃごちゃとくだらない話をしている暇があったら、鍵がなんのために存在しているか、そのことを考えてみろ」

「鍵がなんのために……」

　繰り返したシモンが、言う。

「まあ、一般論で言えば、保管するためですね」

　すると、すぐにアシュレイが「あるいは」と補足した。

「なにかを閉じこめるため」

「なにかを閉じこめる――？」

「そう。今、お前らが言っていたように、『サンヴィ、サンサンヴィ、セマンゲラフ』というのは、まさに魔除けの言葉だよ。逆に言えばなにかを封じ込めるための言葉でもある。いわゆる対象物にとっての禁忌の言葉ってことだ。そして、この言葉が追い払う、あるいは封じ込めるのは、巷《ちまた》で騒がれている『夢魔《インキュバス》』ではなく、『女夢魔《サキュバス》』の原型であるリリト、あるいは、その娘であるリリムたちだ」

「リリト？」

シモンが訊き返したとたん、部屋の窓が風になぶられガタガタと鳴った。それまで穏やかであっただけに、ユウリなどはビクリとして音のしたほうを振り返る。

一瞬の沈黙。

「……砂漠の熱風か」

ややあってアシュレイがつぶやき、シモンが気を取り直して確認する。

「リリトというのは、ユダヤ教の悪魔学で『アダムの最初の妻』とされている悪霊のことですよね？」

「そうだ。『イザヤ書』に書かれている『夜の魔女』のことで、おそらくその起源はシュメールやバビロニアの神々にまで遡《さかのぼ》れる。ちなみにシュメール語の lil は『嵐《あらし》』という意味を持つ」

「『嵐』……」

先ほどの突風に思いを巡らせるユウリとシモンの前で、アシュレイが説明を続けた。

「悪霊としてのリリトは『アダムの最初の妻』の他に、サタンやサマエルと寝て多くの悪霊を産んだことから『地獄の娼婦《しょうふ》』という異名を持ち、占星術では『黒い月』――要は月を侵す存在だな――として表される。そして、ここに彫られている『サンヴィ』『サンサンヴィ』『セマンゲラフ』というのは、お前も先に挙げたユダヤ教の悪魔学において、性行為の体位で揉《も》めた末に出奔したリリトをアダムのもとに連れ戻すために遣わされた三人の天使の名前だ」

「天使？」

「ああ。——結局、リリトは戻るのを拒み神に呪われるんだが、まあ、そのあたりは、所《しょ》詮《せん》教義上のごたくに過ぎないから置いておくにしても、歴史の中でその三人の天使の名前は、悪魔にキリストの名前が有効なように、生まれたての赤ん坊やその母親を守るという力《パワー》を持つようになっていった」

「それって、もしや『信じる者は救われる』ということですか？」

シモンの確認に、アシュレイが「そうだ」と真面目くさってうなずく。

「半信半疑って顔をしているが、目に見えないものを相手にする場合、この『信じる力』がすべてだからな。当然、信仰されなくなった神は廃《すた》れ、力を失う。信仰は、エネルギーの発生源なんだよ。人が宗教を理由に殺し合いをしたり、逆に人を救ったり助けたりできるのも、そこから発生するエネルギーによるわけだから。——これは、現代医学の『偽薬《プラシーボ》』にも通じるものだ」

「『偽薬《プラシーボ》』ねえ」

相変わらず、彼の操る理論はあちこちに飛ぶ。そして、その振り幅が大きければ大きいほど、聞く側は幻惑されてしまうのだ。

シモンが「となると」と続ける。

「セルデンに取り憑いているのは、そのリリトというわけですか?」

言ったあとで、「ちょっと」と付け足した。

「大物過ぎる気もしますけど……」

なにせ、アシュレイの話をそのまま受け入れるなら、今、彼らのそばには人類の祖であるアダムと関係のあった女性の霊がいることになる。

はたして、そんなことがあり得るのか。

目に見えない世界の話だとしても、あまりに大仰だ。

すると、意外にも、当のアシュレイが同調した。

「たしかに、大物過ぎるな。そんなもんが取り憑いていたとしたら、もっとあちこちに影響が出てもいいはずだし、そもそも、いくら歴史の中で信仰されてきたと言っても、シュメールに起源を持つような太古の霊が、今ではさして有名でもない三人の天使の、しかもその名前だけにおとなしく縛られてしまうとは思えない」

「ですよね」

納得するシモンに対し、アシュレイが「つまり」と主張する。

「俺が思うに、そのセルデンとかいう生徒に取り憑いているのは、『リリトの娘たち』と呼ばれるリリトの小型版、リリムの一人だろう」

「リリム?」

「要は、下級悪魔や下級精霊に分類されるものだ。——で、俺は、この学校にリリムが跋《ばっ》扈《こ》しているように思ってから、近隣で、かつてリリムの被害が出たことがないか、調べてまわってみたんだが、一つ、おもしろいものを見つけたよ」

本領発揮とばかりに、アシュレイが嬉々《きき》として教える。

どうやら、二月半ばに一度学校に舞い戻ったあと、ふたたび姿が見えなくなっていたのは、その調査に出向いたせいらしい。つまり、この件について無関心どころか、むしろ興味津々であったといえよう。

シモンが訊き返す。

「おもしろいもの？」

「ああ。この近くに住む郷士史家が手に入れた中世の手記なんだが、そこに、まさにリリムの被害にあった修道院の話が書かれていた」

「修道院——」

「お察しの通り、敬虔《けいけん》な修道士といえば、リリトやリリムたちがもっとも好む相手だからな。——で、その手記によると、事の発端は、彼らが飢えをしのぐために食べたカエルだったようで、その日から、修道院では夜ごとリリムの攻撃を受けるようになってしまった」

「カエル？」

「ああ」

「でも、なぜ、カエルが……」

この学校でも、『夢魔《インキュバス》』の話とともにカエルがクローズアップされている。

シモンの無意識のつぶやきに対し、アシュレイが「それは」と答える。

「リリトの『リリ』は『ユリ《リリィ》』に通じるとされるが、本来、シュメール・バビロニアにおけるリリトの花は、『lilu』と呼ばれた蓮《はす》の花で女神の生殖能力を表していた。――これは余談になるが、そこからの混同で、清純さの象徴であるユリは三位一体《さんみいったい》の女神の処女性を表すと同時に生殖能力を隠し持ち、聖母マリアの処女受胎はガブリエルのもたらしたユリを通じて為されたと解釈することができる」

「……処女受胎」

繰り返しながら、ユウリとシモンが視線を交わす。

たしかにカエルの話からは逸《そ》れてしまっていて、ユウリなどはあまりに多岐にわたる論調についていくのがやっとであった。

そんなユウリを気遣うでもなく、アシュレイが「で」と続けた。

「ここがポイントなんだが、意匠として有名な『三弁のユリ《フルール・ド・リス》』なんかは、その名を取ったユリではなく、実は多産の象徴であるカエルを模したものだという説がある。つまり、今挙げた蓮の花にしろ、カエルにしろ、元をただせば女神の持つ生殖能力の象徴であり、豊《ほう》穣《じょう》のシンボルでもあったわけだ」

「ああ、それはありがちな神話的発想ですね」

　シモンの感想に、アシュレイが「そう」とうなずく。

「典型的な豊穣神話だ。そして、その祝福された多産性は、裏を返したとたん、情欲まみれの色魔的な存在へと降格する」

「ということは……」

　ユウリが、思わず口をはさんだ。

「僕たちが問題にしているリリトって、かつては多産を約束する女神だったということですか？」

「そこは、正直なところ、断言するのは難しい」

「え、でも……」

　今までの説では、そういうことになるはずだ。

　ユウリの戸惑いに対し、アシュレイが「キリスト教によって」と説明する。

「悪魔の地位に落とされた他民族の神々と同様、言語学的に見て『リリト』もおそらくそうであっただろうと推測はできても、よっぽど完璧なシュメール時代の碑文でも見つからない限り、古過ぎて正確な痕跡を辿《たど》るのは不可能だ。わかっているのは、中世ヨーロッパでは、『地獄の娼婦』と目されるリリトの娘リリムが、独り寝の男たちを襲う魔物として認識されていたってことだよ。それと同時に、今も言ったような経緯から、リリトがアダムとの間に設けた子どもは、カエルになったという説も出まわった」

「カエルになった……？」

「そうだ。それを考えると、飢えからカエルを食べた修道士たちが、その罪の意識からリリムに呪われたと信じ込んでもおかしくないし、実際、食べたカエルにリリムの魂が宿っていたとも考えられる。――どちらを信じるかは人それぞれだが、一つ、言えるのは、その修道院では、問題のカエルの骨の破片をピンの中に入れて魔除けの天使たちの名前を刻んだリングブローチに封じたところ、その後、リリムによる被害に悩まされることはなくなり、平穏な生活を取り戻したらしい」

「リングブローチか……」

ユウリとシモンが、同時にアシュレイの手の中にある金の輪を見つめ、ややあってシモンが確認する。

「――まさか、それが、そのリングブローチの一部ということですか？」

「状況から見て、そう考えるのが妥当だろう」

「あれ、でも」

ユウリが、首をかしげて反論する。

「僕がその金の輪を手に入れたのは、『夢魔《インキュバス》』騒ぎが起きたあとですけど？」

とたん、シモンがもの問いたげな視線をユウリに向けた。

彼は、それまで、その金の輪をユウリが手に入れたことを知らず、てっきりアシュレイが持ち込んだと思い込んでいたからだ。

その視線の意味に気づいたアシュレイが、鼻で笑いつつ教える。

「それがどうした。──そもそも、お前がこれをグラストンベリーの店で手に入れた時には、すでに壊れていたんだろう。つまり、封印は解かれたあとだった」

「あ、そうか」

納得するユウリを見おろし、アシュレイがさらにおもしろい話を披露する。

「それより、これは、リングブローチについて、このあたりの伝承を探していた際に見つけた話なんだが、カエルの騒ぎから時が経《た》った十六世紀、修道院の解体を行ったヘンリー八世の時代に、一人の男が主人に頼まれてピンを買いに出た」

「ピンを、わざわざ？」

ユウリの確認に、アシュレイが「ああ」とうなずく。

「その当時、上流階級の服はピンで支えられていたといっても過言ではなく、さらに、ヘンリー八世が『新年の贈り物《ストレナエ》』としてご婦人方にラペルピンをプレゼントしたのが大流行となり、ピン不足に陥るようになったんだ」

「あ、その話は、以前シモンから聞きました」

言いながらユウリがシモンと視線を交わす。

それに対し、アシュレイが「その結果」と先を急ぐように続けた。

「一時は、ピンの購入は一月一日と二日の二日間だけに決められていたこともあったくらいで、ピンの購入はある種の狂騒となっていたようだ」

「へえ」

知らなかったシモンが思わず声をあげ、ユウリに至っては、少し驚いた表情で「え、それなら」と食い気味に尋ねた。

「当然、買えずに困った人もいたんでしょうね？」

「いただろうな。――実際、その主人からピンを買ってくるように言われた男も、目的を果たせずに困り果てた末に、解体された修道院の跡地で見つけたリングブローチからピンを外して持ち帰ったそうだから」

「外した？」

「それって、まさか――」

口々に言いながら、またもやシモンとユウリが顔を見合わせた。

ややあって、シモンが確認する。

「貴方が手にしている金の輪が、そのリングブローチの片割れだと？」

期待を込めて訊いたのだが、アシュレイはあっさり「さあ」と肩をすくめる。

「悪いが、そこまでは書かれていなかったから、断言はできない。ただ、恐妻家である主人の目的は、妻にプレゼントするためのラペルピンだったそうで、外したピンは、うまい具合にヘッドのところに『三弁のユリ』《フルール・ド・リス》があしらってあり、磨けばたいそう立派なラペルピンになるだろうと喜んだと書かれていた」

「『三弁のユリ』《フルール・ド・リス》――」

それは、アシュレイ曰く、まさにリリトやリリムを象徴する意匠であり、そんなものがあしらわれたピンというのは、呪われたカエルの骨の収容先としてうってつけだ。

感慨深げにつぶやいたユウリに対し、シモンが疑問形で口にする。

「『三弁のユリ』《フルール・ド・リス》……？」

問いかけというよりは、自問に近い。

なにせ、彼は、同じ意匠が施されたラペルピンを、その目で見ているからだ。

しかも、それを持っているセルデンは、まさしくリリトやリリムに取り憑かれた者らしき症状を呈している。

「つまり、まさにあれこそが……」

つぶやいたシモンが、ある可能性に思い至って独りごちる。

「だけど、そうなると、もしかしたら、問題のリリムはまだ完全に解放されているわけではなく、セルデンに取り憑いてその機会を窺《うかが》っているのか……」

当然、聞きとがめたアシュレイが問いかける。

「解放されていないって、なんだ、ベルジュ。お前は、なにをブツブツ言っている?」

「ああ、いえ」

思考を整理しつつ、シモンが「ちなみに、アシュレイ」と尋ねた。

「貴方は、リリムから解放されるためにカエルが九匹必要な理由がわかりますか?」

「なんだ、そりゃ」

まるでスフィンクスから謎解きを挑まれた勇者のように、眉をひそめて考え込んだアシュレイが繰り返す。

「カエルが九匹?」

「そうです。——でも、さすがに、急に言われてもわかりませんよね?」

残念そうな口調とは裏腹に、どこか挑むような心持ちで確認するシモンに対し、アシュレイがしたり顔になって「たしか」と応じる。

「バビロニアの円柱に、肥沃《ひよく》を願うまじないとして九匹のカエルを示したしるしが描かれたものがあって、それは九相の女神が妊娠の九ヵ月を支配していることを表していたはずだ」

「……へえ」

どうやら、スフィンクスもアシュレイの前では白旗をあげるらしい。

相手の博識ぶりに感心しつつ、シモンが確認する。

「つまり、九というのは、なにかの誕生に必要な数ということですね？」

「そういうことになるな。――そもそも、九というのは一ケタの最後の数字であり、終《しゅう》焉《えん》と同時に次のステージへと向かう数でもある」

「次のステージ――」

重々しく繰り返したシモンが、すぐに「そうか。だけど、だとしたら、ちょっとまずいな」と口元に手を当てて懸念を示した。

「もしかして、逆だったのかもしれない」

「逆って、なにが？」

アシュレイが言い、「言っておくが」と警告する。

「お前なんかが独りよがりなことをしても、ケガをするだけだからな、ベルジュ。――しかも、その影響が他人に及ぶのであれば、それはもうルシファーを凌《しの》ぐ大罪だ」

「たしかに。――そもそも、独りよがりになる気は毛頭ありませんし」

降参するように両手をあげたシモンが、一つの事実を告げる。

「これは関係者に緘口令が敷かれているので、他言は無用でお願いしたいんですが、実を言うと、セルデンは、このところ校内を騒がせていたカエル殺しの犯人だったんです」

「へえ」

「で、その彼が言うには、『九匹のカエルを殺せば、自分は現在の苦しみから解放される』らしくて」

「なるほど。――それで、彼は今までに何匹殺したんだ?」

「八匹だそうです」

シモンの答えに、アシュレイが口元を引きあげて笑う。

「たしかに、それはまずいな」

「ええ」

シモンも真剣な表情で同調する。

一人、意味がわからずにいたユウリが訊き返す。

「どうして、まずいんですか?」

「そんなの、わかるだろう。九匹のカエルは誕生や再生へのカウントダウンだ」

「カウントダウン――」

「つまり、セルデンはすっかり騙《だま》されているようだが、九匹目のカエルが殺された暁に解放されるのは、取り憑かれている彼ではなく、彼に取り憑いているリリムのほうってことだよ」

「――あ、そういうことか」

納得したユウリが、「でも、どうやって」と悩ましげに続けた。

「それを防げばいいんだろう。リリムを彼から引きはがせればなんとかなるのかもしれないけど、夢だけに取っかかりがわからない……」

それに対し、アシュレイが助言する。

「ベルジュが言うように、リリムがまだ完全に解放されていないのなら、むしろこっちの好都合で、手っ取り早いのは、失われたピンを見つけてこのリングブローチにふたたび封じ込めることだな。――まあ、肝心のピンはまだ見つかってないが」

「いいえ。見つかってます」

シモンの言葉に、アシュレイ以上にユウリが驚く。

「え、本当に？」

「うん。実はセルデンが持っているんだ。――というより、だからこそ、彼は取り憑かれてしまったんだろうね」

誰もが納得のいくことを告げたシモンが、「彼の話だと」と説明を続けた。

「もともとそのピンは、この学校の図書館の書架のうしろにあった鎖の巻かれた箱に入っていたらしく、マーランドに対抗心を燃やしていたセルデンは、それをつい自分のものにしてしまったようなんだ。――もちろん、折を見て返しておくつもりではあったそうだけど、今はまだ、彼の制服のポケットに入っていると思う」

「制服のポケット……」

なにか思うところがあるように繰り返したユウリに対し、アシュレイが「だったら」と二人をせっつく。

「急いだほうがいいな。今夜あたり、またリリムが暴れ出すはずだ」

そんなアシュレイの予測に対し、ユウリが「いや、でも」と言った。

「制服のポケットに入っているなら、少しはマシかもしれません」

「なぜ？」

アシュレイに問われ、ユウリが「実は」と告げる。

「昨日、彼の制服のポケットから嫌な気配が漂ってくるのが気になって、こっそり手持ちのホワイトセージの葉を忍ばせておいたんです。だから、どこまで効力があるかはわかりませんが、少しは勢力が抑えられるのではないかと」

「へえ。魔除けの葉っぱか。お前にしては上出来だな」

納得するアシュレイに対し、軽く天を仰いだシモンがあやまる。

「ああ、ごめんよ、ユウリ」

「え？」

いきなりの謝罪に首をかしげるユウリを見おろし、シモンが自分の失態を認める。

「そのホワイトセージだけど、さっき、セルデンのところでラペルピンを見せてもらった際、制服のポケットから落ちて、僕も彼も、てっきりただのゴミだと思って捨ててしまったんだ」

「あ、そうなんだ」

責めるわけでもなく応じたユウリとは違い、鼻で笑ったアシュレイが、「だったら」と指摘する。

「やはり急いだほうがいい。――独りよがりなこいつの余計なお節介のために、今現在、一人の下級生が危機に瀕《ひん》している」

6

三人がそろって医務室に行くと、ちょうど中から出てくるマクケヒトと鉢合わせした。意外な顔ぶれにマクケヒトが驚いたのはほんの一瞬で、彼はすぐに「ああ、ちょうどよかった」と彼らに頼み込む。

「実は、ちょっと目を離した隙に、ベッドで眠っていたはずのセルデンがいなくなってしまってね。心配だから捜しに行こうと思っているんだけど、君たちも手伝ってくれないか？」

「いなくなった？」

「そう」

困惑した面持ちでうなずいたマクケヒトが、手早く状況を説明する。

「昼食のあと、眠そうだった彼に昼寝をさせておいたんだけど、僕が学院長に呼ばれて彼の様子を報告に行っていた間にいなくなってしまったんだ。——もちろん、気分がよくなって散歩に出ただけならいいんだけど、制服の上着だけでなく靴まで置いたままになっているから、正直なところ、楽観視はできないと」

「靴も、ですか？」

シモンが確認し、「たしかに」と同調する。

「それは気になりますね。……夢遊病者のように歩きまわっている可能性がある」

「そうなんだよ。だから、手分けして捜さないと――」

「わかりました」

「行きましょう」

反射的にマクケヒトやシモンと一緒に踵《きびす》を返したユウリの腕を乱暴につかみ、アシュレイがマクケヒトに訊く。

「一つ確認させてもらうが、制服の上着は残っているんだな？」

「残っているけど、それがなに？」

少し苛立《いらだ》った口調になったマクケヒトを見返し、アシュレイが「だったら」と冷たく告げる。

「捜索は、二人でやってくれ。――俺とユウリは、ここでやることがある」

「やること？」

「そう。詳しい話をしている暇はないが、要するに適材適所ってやつだよ。歩兵と軍師ではやることが違う」

「なんだか知らないけど」

やはり苛立った口調のまま、マクケヒトが言う。

「好きにしたらいい。——僕は、僕の責務を果たすまでだから」

おそらく色々と言いたいことや訊きたいことはあるのだろうが、状況に応じ、己を抑えてやるべきことに集中できる彼は、やはり大人だ。

見直したシモンが、それに追随する。

しかも、彼の場合、アシュレイがなにを言っているのかわかっていたし、その上で、それぞれがやるべきことも見えていた。

もちろん、叶《かな》うことなら自分もユウリのそばで状況を見守りたかったが、今回は自分の失態のせいで下級生が危機に瀕しているということもあって、少しでも役に立つことがあるなら、それを優先すべきだと思ったのだ。

ただ、それでもいちおう確認する。

「……ユウリ、君がアシュレイと残った場合、その先に危険はないだろうね？」

「うん、心配ないよ。この時点では、それほど強い邪気は感じないから」

安心させるように応じたユウリが、「むしろ」とお願いする。

「一緒に行けなくて申し訳ないけど、セルデンを早く見つけてほしい」

アシュレイが、それを補足する。

「たしかに急いだほうがいい。——九匹目のカエルが捧《ささ》げられてしまえば、当然、こっちも難儀することになる」

「もちろん、わかっていますよ」

そこで、うしろ髪を引かれる想いではあったが、すぐにマクケヒトを追う形でシモンも出ていった。

反対に、室内に入った二人は、布団が半分ほどはがれた状態になっているベッドに近づき、アシュレイが壁にかけてあった制服を取りあげる。だが、差し出された制服のポケットに手を突っ込んだ瞬間、ユウリが「痛ッ」と小さく声をあげて手を引っ込めた。

その指先には、わずかながら血がにじんでいる。

どうやら、むき出しのピンの先端に刺されたらしい。

それが悪意ある攻撃か、ただの失態かはわからないまま、指先の血を舐《な》めるユウリに対し、アシュレイが心配するでもなく一言告げる。

「マヌケ」

それから、みずから手を突っ込み、問題のラペルピンを取り出して、「ほら」とユウリに差し出した。

「いつまでもぴいぴい泣いてないで、とっととやることをやれ」

ひどい扱いだ。ここにシモンがいたら、真っ先にケガの手当てをしてくれただろうに、雲泥の差である。

受け取ったユウリが、言い返す。

「泣いてませんよ」

「そうか？」

鼻で笑ったアシュレイが、「だが、もし誰かさんがいたら」と嫌みを言う。

「めそめそしているお前を、いい子いい子してくれたんじゃないかと思ってね」

「だから、めそめそなんてしていませんし、シモンだって、そんなバカみたいに過保護じゃないですから」

「――どうだか」

まったく信じていない様子のアシュレイに、さらになにか言おうとしたユウリであったが、その時、窓から吹き込んだ突風が室内で暴れたため、とっさに顔をかばうように腕をあげた。

ガタガタガタ
音を立てて簞笥《たんす》が揺れ、テーブルの上の紙類が舞い上がる。

先ほどピンの先端に刺されたことといい、これといい、なにかがユウリたちのやることを邪魔しようとしているのは、間違いなさそうだ。

ややあって、アシュレイが言う。

「急げ、ユウリ。しゃべっている暇はないぞ」

「そうですね」

うなずいたユウリが、自分の制服のポケットから金の輪を取り出し、その上に、渡されたラペルピンをセットする。

それから息を整え、まずは四大精霊を呼び出した。

「火の精霊《サラマンドラ》、水の精霊《ウンディーネ》、風の精霊《シルフィード》、土の精霊《コボルト》。四元の大いなる力をもって、我を守り、願いを聞き入れ――」

だが、その言葉が終わるか終わらないかのうちに、ふたたび突風が吹き込んで、ユウリの手元からラペルピンを弾《はじ》き飛《と》ばした。

「うわっ」

驚くユウリが見あげると、渦巻く風に乗ったラペルピンが勢いをつけてユウリの瞳に向かってくる。

そこに見える、明らかな害意――。

目を見開いたまま全身がしびれたように動けなくなったユウリに、ラペルピンが襲いかかる。

（ダメだ――）

恐怖の中でユウリが諦めかけた、その時だ。

スッと。

ユウリの前に手が伸びて、彼の視界を覆った。

一瞬、なにが起きたかわからずにいたユウリであったが、すぐにそれがアシュレイの手であり、その握り締めた掌《てのひら》には、ユウリを襲おうとしていたラペルピンがしっかりと収まっていることを理解する。

間一髪。

「アシュレイ――」

身体の力が抜けたように声をもらしたユウリに対し、アシュレイがラペルピンを握ったままの手で、ユウリの額を小突く。

「――たく。肝心のラペルピンを奪われるとは、マヌケにも程がある。いいか。次はなにがあっても手から放すな。油断もするな。わかったか?」

「わかりました」

神妙な面持ちでラペルピンを受け取ったユウリが、改めて四大精霊を呼び出す。

「火の精霊《サラマンドラ》、水の精霊《ウンディーネ》、風の精霊《シルフィード》、土の精霊《コボルト》。四元の大いなる力をもって、我を守り、願いを聞き入れ給《たま》え」

その際、ふたたび突風が吹き込んで邪魔しようとしたが、ユウリは動じず、しっかりラペルピンと金の輪を握りしめて請願を口にする。

「赤子の守護者にして、悪夢を退ける三人の天使の名にかけて。カエルの骨を通じてこの世に漂い出ようとしている霊を封じ、長き眠りに導き給え。また、その霊にとらわれし者の夢から、邪《よこしま》なるものを追い出し、健やかな眠りを授《さず》け給え」

それから、請願の成就を神に祈る。

「アダ　ギボル　レオラム　アドナイ」

とたん、いつの間にか突風の渦の中に紛れ込んでいたらしい四大精霊が、四つの光の帯となってグルグルとまわりながらユウリの手元に吸い込まれていく。

次の瞬間。

ドオッと。

灼熱《しゃくねつ》の暑さと絶対零度の冷たさが、同時にユウリを襲った。

ユウリの前髪がふわりと舞い上がり、それとともに、彼の頭の中でビッグバンのように輝きがスパークする。

虹色《にじいろ》の輝き。

まるで赤外線を通して見る星雲のような光彩だ。

あまりの美しさに、ユウリが目をつむったまま、その情景に見惚れていると――。

「ユウリ」

突然、すぐ近くでアシュレイに呼ばれ、ハッと現実に引き戻される。

気づけば、西日に染まる室内はいつの間にか元の静けさを取り戻していて、ユウリの手にはリングブローチとしての機能を取り戻した金の輪が残されていた。

その輪の上を、一度だけ白い輝きが駆け抜ける。

「……終わった?」

ユウリのつぶやきに、アシュレイが「ああ」と答え、「あとは」と続けた。

「あっちがどうなったかだ」

「あっち」とはもちろん、セルデンとシモンとマクケヒトのことである。

「そうですね」

気がかりそうに窓のほうへ視線をやったユウリは、全員無事でいてくれることを祈りつつ、リングブローチをテーブルの上に置いた。

7

一方。

セルデンを捜しに出たシモンとマクケヒトは、足を止めずに話し合う。

「捜すにしても、どこから捜すべきか——」

マクケヒトの問いに、シモンが答える。

「たぶん、水辺を中心に捜すのがいいかと」

「水辺？」

訊き返したマクケヒトが、すぐにあることに気づいて言う。

「まさか、彼がまたカエルを殺そうとしていると？」

「ええ」

認めたシモンが「もちろん」と続けた。

「彼自身は、二度とカエルを殺さないと誓いましたが、もし現在、彼が夢遊病者のように歩きまわっているのだとしたら、それは彼自身の意思ではなく、なにかに操られている可能性が高いですから」

そこで初めて足を止めたマクケヒトが、慎重に確認する。

「つまり、今の彼は、『夢魔《インキュバス》』の支配下にあると?」

正確には「リリム」であるのだが、詳細を説明する気のなかったシモンは、マクケヒトをうながすように歩き続けながらうなずく。

「そうです」

「だけど、それなら」

シモンを追うようにふたたび歩き出したマクケヒトが、質問を重ねる。

「『夢魔《インキュバス》』は、そもそもなんのために彼にカエルを殺させようとしているんだろう?」

「さあ」

ある程度、その答えは知っているものの、やはり詳細を語る気のなかったシモンが、

「残念ながら」と言う。

「魔性《ましょう》のモノの考えることは、僕にはわかりません。ただ、これをパターンとして考えた場合、それが一番可能性が高いのではないかと」

「たしかにね」

ひとまずマクケヒトが納得してくれたので、彼らは、湖の近くを二手に分かれて捜索することに決めた。

だが、分かれるまでもなく、湖畔に近づいたところで、大きな水音とともに幾人かの生徒たちの叫び声が聞こえてくる。

「大変だ！」

「誰か、溺《おぼ》れている！」

顔を見合わせたシモンとマクケヒトが、声のしたほうに走り出す。

その間も、動揺した声が続く。

「ねえ、どうしよう⁉」

「助けに行く？」

「無理だよ。僕、泳げないし」

「そうだよ、危ないよ」

「でも、早く助けないと」

「助けを呼ぼう！」

その瞬間、彼らの前に、その「助け」がやってくる。

上着を脱ぎながら湖岸に走り出たシモンが、脱いだ上着を動揺する生徒たちの一人に預けるなり、ためらいもせずに湖に飛び込む。

湖岸近くは比較的浅瀬になっているのに、一メートルほど進んだとたん、突然足元が崩れるように深みにはまる。しかも水草などが足に絡みつく恐れがあるため、基本的に遊泳は禁止されていた。

それを知っているシモンは、慎重に泳ぎ、さほど離れていないところで溺れているセルデンの腕をつかんで引き寄せる。

「た、助けて」

パニックに陥っているセルデンが必死でしがみつこうとしながら訴える。

「なにかが、足に絡まっていて——」

「落ち着いて、セルデン」

そう言って、一旦《いったん》セルデンから離れたシモンが、そのまま水中に潜っていく。

そこには、揺れる水草の叢《くさむら》があって、たしかに、セルデンの足にその一部が絡みついていた。しかも、それを解《ほど》こうとシモンが手を伸ばすと、まるで触手を伸ばすようにシモンの腕にも絡みつこうとする。

(……なんだ?)

ゾッとして一度手を引いたシモンの脳裏に、カエルのことが過《よぎ》る。

(もしかして、業《ごう》を煮やしたリリムが、九匹目のカエルの代わりに、セルデンの命を取ろうとしているのか?)

だとしたら、これはとても危険な状況だ。

息継ぎのために水の上に顔を出したシモンが、マクケヒトに訴える。

「できれば、ナイフかなにかを——」

だが、そう告げているそばから、セルデンの悲鳴のような声がする。

「助けて、ベルジュ。足が――」

　言っているうちにも、セルデンの身体がなにかに引っ張られているかのようにガクンと沈み、ゴボゴボと水を飲むのがわかった。

「セルデン！」

　叫んだシモンが、大きく息を吸ってふたたび水中に潜っていく。

「ベルジュ！　無茶するな！」

　マクケヒトの声がしたが、構ってなどいられない。

　水中では、セルデンの足に絡みつく水草が倍増していて、本当に意思を持ってセルデンを水の底に引きずり込もうとしているようだった。

　果敢に水草に手を伸ばして引きはがそうとするが、そのそばから水草がシモンの腕にも攻撃の手を伸ばしてくる。

　水中での不利な攻防。

　このままではシモンの息が保《も》たなくなりそうだったが、ある瞬間、なぜか硬直したように水草がいっせいにピンと伸び、すぐにへなへなとしなだれ、意思を失《な》くして水に漂うただの水草と化した。

　それは、本当に一瞬の出来事であり、なんとも不可思議な光景であった。

　いったい、なにが起きたのか。

聡明《そうめい》なシモンにも、すぐにはわからなかった。

このことを誰かに説明しようにも、言葉につまってしまうくらい摩訶不思議《まかふしぎ》な出来事であったのだが、深く考えている場合ではなく、自由になった身体で、急ぎ、水面《みなも》を目指してあがっていく。

ザバッと音を立てて水の上に顔を出し、大きく息を吸い込んだところで、彼は自分とセルデンが助かったことを実感した。

「ベルジュ、大丈夫か?」

マクケヒトが、岸辺から声をかけてくる。

白衣を脱いでいるところからして、おそらく飛び込む寸前であったのだろう。

どれくらい、水の中で格闘していたのか。

わからないまま、シモンが「はい」と答え、今度こそ、ぐったりしているセルデンを連れて岸まで泳いだ。

「よくやったな、ベルジュ」

偉業を讃えながらマクケヒトが手を伸ばしてセルデンの身体を引っ張り上げ、シモンはシモンで、歓声があがる中、自力で岸へと這《は》いあがる。

ずぶ濡《ぬ》れの姿ですら、色気があって麗しい。

いつの間にか、あたりには騒ぎを聞きつけた生徒たちが集まってきていて、みんなが彼の雄姿に見惚れている。

それらを尻目に、誰かが差し出した上着を無雑作に受け取ったシモンは、セルデンの手当てをするマクケヒトをその場に残し、先に医務室へ戻ることにした。

というのも、冷静になった彼の脳裏に、自分とセルデンを水草の攻撃から救ってくれたのは、他でもないユウリだったのではないかという考えが浮かんだからだ。

そうかといって、別にユウリが千里眼の持ち主で、シモンの陥っていた窮地を知った上で助けたなどとは思っていない。そうではなく、ユウリが、あのラペルピンと金の輪の合体に成功し、リングブローチの中にリリムの力をふたたび封じ込めることができたため、その影響力を失った水草が攻撃をやめたと考えたのだ。

もちろん、それはあくまでもシモンの推測に過ぎないが、それでも一刻も早くユウリに会って礼を言いたかった。――いや、本当は礼などはどうでもよく、一瞬でも己の死を意識したためか、今はとにかくユウリの顔が見たかった。

ただ、それだけだ。

終章

翌日。

お昼を一緒に食べながら、ユウリがシモンに対して恨めしげに言った。

「──本当に、昨日は心臓が止まるかと思ったんだ」

というのも、医務室でリリムの封印に成功したユウリが、セルデンの捜索に加わるかどうかでアシュレイと揉《も》めていると、急に外が騒がしくなり、「ベルジュが、溺《おぼ》れていた生徒を助けるために湖に飛び込んで、そのまま浮かんでこなくなった」と触れまわる声が聞こえてきたのだ。

血相を変えて医務室を飛び出そうとしたユウリは、当のシモンと戸口のところで正面衝突しそうになった。

驚きのあと、無事な姿を見て思わず抱きつこうとしたユウリを、シモンが「ああ、君まで濡《ぬ》れてしまうから」と言って遠ざけた。そこで、抱きつく代わりにユウリがタオルを渡したりするなど甲斐甲斐《かいがい》しく世話をしているうちに、セルデンを連れたマクケヒトが戻ってきて、ゆっくり話す間もなくバタバタと時間は過ぎてしまった。

だから、今になって、ユウリが改めて昨日の騒動のことを口にしたのだ。

「それは、申し訳なかったね。こっちも必死で」

シモンの謝罪に、ユウリがうなずく。

「もちろん、わかっているけど……」

あまり無茶はしてほしくないというのが、ユウリの本音である。

ただ、言ったところで、下級生を見捨てたりできないのがシモンであるため、それも仕方ないことなのだろう。

そんなユウリを水色の瞳《ひとみ》で見て、「だけど」とシモンが告げる。

「考えてみたら、君のおかげで助かったんだから、改めてお礼を言わないとね」

「そんなのは、どうでもいいよ」

シモンが無事なら、それでいい。

もし、ユウリのおかげで助かったのなら、アシュレイにせっつかれて封印を急いだ甲斐があったというものである。

シモンが「いやいや」と反論する。

「どうでもよくはないよ。――なにせ、今朝の報告だと、セルデンは昨晩は引き続き医務室のベッドで寝たそうだけど、朝までぐっすり眠れたということだった。つまり君は、僕と彼のこの世での安眠を取り戻してくれたことになる」

シモンは軽口のつもりで言ったのだが、「この世での」という言葉に敏感に反応したユウリがブルッと身をすくませながら応じる。シモンが死と隣り合わせだった事実が、ありありと浮かびあがる表現だったからだ。

「……シモン。縁起でもないことを言わないで」

「ああ、そうだね。ごめん」

謝ったシモンが、気分を変えるように「それなら」と問う。

「昨日はバタバタしていてうっかり聞きそびれたけど、例のリングブローチはどうなったんだっけ？」

とたん、「ああ、それね」と困惑気味に応じたユウリが、紅茶のカップを撫《な》でながら言いにくそうに報告する。

「それなんだけど、実は、アシュレイが持っていってしまったんだ」

「――持っていった？」

「そう」

「でも、あれは、もともとこの図書館にあったものだから――」

当然の主張に、ユウリが「僕も」と同調する。

「いちおうそう言ったんだけど、アシュレイ曰《いわ》く、学校にあったのはピンだけで、金の輪のほうは僕の持ち物だから、合体した今、持ち主は僕であり、僕のものはアシュレイのものという、よくわからない理屈だった」

「たしかに、よくわからない――というか、あってはならない理屈だけど」

不満げに応じたシモンが、「ただ」と水色の瞳を翳《かげ》らせて考え込む。

「よく考えたら、アシュレイの言い分にも一理ある」

「そうなんだ？」

「うん。君のもの云々《うんぬん》はさておくとして、もともとリングブローチだったものからピンだけを取ったものがここにあったわけだけど、そもそも、その持ち主が誰であるかは謎《なぞ》のままで、だとしたら、合体する前の金の輪が君のものであるという事実をもとに、全体を君のものと考えるのは、いちおう筋が通っている。――しかも、ピンの部分だけを持つことは、今回のように、かなりのリスクがあることを思えば、わざわざ災難をもたらすためにピンの持ち主を捜すのもバカバカしい」

書架のうしろに隠すようにしてあったことにも、なにか意味があったのだろう。

しかも、表沙汰《おもてざた》にしないことで、今回、ある意味被害者であったセルデンの罪も、こっそり闇《やみ》に葬れる。

片手を翻して言ったシモンが、「アシュレイは」と若干苦々しげに続けた。

「たぶん、そこまで考えた上で、君にそう言ったんだろうな」

「なるほどねえ」

納得したユウリが、「でも、それなら」と疑問を投げかける。

「逆にアシュレイは、あんなものを手に入れて、いったいどうするつもりなんだろう?」

まったくもって、その意図がわからない。

それはシモンも同じらしく、「さあねえ」とどうでもよさそうに肩をすくめ、「さしずめ」とコーヒーカップに手を伸ばしながら推測する。

「自前のオカルト・コレクションにでも加えるんじゃないか」

「自前のオカルト・コレクション……」

そんなものを集めてなにが楽しいのかとユウリが首をかしげていると、食堂の入り口から中を覗《のぞ》いたテイラーが、「おい、シモン」と声をかけながら近づいてきた。

「うちの下級生が他寮の生徒と喧嘩《けんか》しているって」

「またか」

小さく天を仰いだシモンが、立ち上がりながら問いかける。

「で、喧嘩の理由は?」

「それが、よくわからないんだが、あんたの上着に触った手を洗わせる、洗わないで揉めたとかって……。ということで、むしろシモンこそ、いったいなんのことか、わかるんじゃないか?」

「――ああ、まあ、そうだね」

おそらく、昨日、シモンが湖に飛び込む前に、その辺にいた生徒に上着を預けたことの後日談となるのだろう。その誰かが、シモンの上着に触った手を洗わずにいるとかなんとか自慢し、それを聞きつけたヴィクトリア寮《ハウス》の生徒と喧嘩にでもなったのか。だが、やはり、そこで喧嘩になる理由がよくわからない。

なんであれ、あまりのくだらなさに脱力したシモンが、珍しく頼みごとをする。

「悪いんだけど、テイラー。僕の代わりに行ってくれないか？」

「そりゃ、いいけど、いちおうあっちの寮長がお呼びだそうだから、あんたが行かない理由くらいは言わないと」

「たしかに、そうだね。――それなら、昨日の一件で、遅ればせながら熱が出たとでも言ってくれたらいいよ」

そのあとで、「実際」と続けた。

「今にも熱が出そうだから」

とたん、豪快に笑ったテイラーが颯爽《さっそう》と踵《きびす》を返した。

「そういうことなら、任せろ。適当にあしらってくる。――まあ、英雄も楽じゃないってことだな」

結果、その日の午後、ヴィクトリア寮の寮長であるシモンの部屋のドアに『面会謝絶』

の札が貼《は》られた――というまことしやかな噂《うわさ》が全校生徒の間に広まったことは、言うまでもない。

後日談　カエル異聞

1

「カエルに見張られている？」

かたわらを歩くユウリを見おろし、シモンが訊《き》き返す。その優美な佇《たたず》まいに、すれ違う他の生徒たちが憧《あこが》れの眼差《まなざ》しを向けていた。

ユウリが、「そうなんだよ」と考え込みながら説明する。

「セルデンの経過観察を続けているマクケヒト先生が言うには、体調こそ安定傾向にあるものの、最近、またなにか悩み事がある様子だったから心配して問い質《ただ》したところ、そう答えたんだって」

「ふうん」

相槌《あいづち》を打ったシモンが、「ちなみに」と確認する。

「それは、本物のカエルなんだろうね？」

「う〜ん。それが、本人にも、自分の見ているものが本物のカエルか、カエルの幽霊なのか、よくわからないらしいんだよ」

ユウリの言葉を、シモンが微妙に言い換える。

「つまり、彼が幻覚を見ている可能性もあるんだね？」

「……たぶん」

ユウリが曖昧《あいまい》に応じ、シモンが前を向いて納得する。

「……なるほど。あのセルデンがねえ」

それから、ややあって「となると」と付け足した。

「『カエル』というところが、ミソだね」

「うん。マクケヒト先生も、同じことをおっしゃっていた」

セルデンというのは、ユウリたちと同じヴィクトリア寮《ハウス》の寮生で第三学年に所属しているのだが、少し前に、あるものに取り憑《つ》かれた挙げ句、罪のないカエルを何匹か殺してしまった。

すったもんだの末に問題は解決し、セルデンの野蛮な行いについては公にされることはなかったのだが、誰が知らずとも自分だけは、おのれがカエル殺しの犯人だとわかっているわけで、その罪の意識からは逃れられない。

ゆえに、「カエルに見張られている」という妄想は、その罪悪感からきているのだろうというのがシモンやマクケヒトの考えであった。

シモンが助言する。

「なんであれ、マクケヒト先生もついていることだし、実害がないようなら、少し様子をみるのがいいんじゃないかな?」

「そうだね」

ユウリも同意し、二人は昼食を取るために寮の食堂へと入っていった。

2

数日後。

セルデンが校内の散歩道に散在するベンチの一つに座り、友人のマーランドと話し込んでいた。

マーランドは、セルデンが訳あってカエルを殺していたことを知っている数少ない関係者の一人であったし、様々なことがあったあとも、友人として、セルデンのそばに寄り添ってくれていた。一時期は関係がぎくしゃくしたりもしたが、今では、セルデンが唯一心を許せる相手となっている。

マーランドが訊く。

「まだ、カエルの姿をちょくちょく見るんだ?」

「見るよ」

肯定したセルデンが、憂鬱《ゆううつ》そうに溜《た》め息《いき》をついて付け足す。

「しかも、なんか陰に籠《こ》もった目で見つめてくるんだ。あたかも、仲間を殺した僕を許さない──みたいに」

「そんな……」

マーランドが励ますように言った。

「カエルが、仲間のカエルを殺した人間を見分けるなんてことがあるとも思えないし、それは君が良い人間で、カエルを殺してしまったことに対して罪悪感を持っているから、そんな風に見えるだけかもしれないよ？」

「……そうかな？」

「そうだよ」

力づけるように肩に手を置いて言ったマーランドが、「それに」と続ける。

「カエルが見えるというのも、君の幻覚かもしれないし」

「幻覚？」

繰り返したセルデンが「それって」と逆に怯《おび》えた表情になって言い換える。

「やっぱり、あれはカエルの幽霊ってこと？」

「いや、そうではなく──」

墓穴を掘ったとわかったマーランドが、慌てて言い訳しようとした時だ。

彼の目の端をなにか小さな影が素早く横ぎったため、ハッとして視線を向けたマーランドは、次の瞬間、セルデンの肩に小さなカエルが飛び乗るのを目撃する。

「あ、カエル——」

とっさにマーランドが指さした先を見たセルデンは、自分の左肩にカエルが乗っているのを目にして、パニックに陥る。

「うわ！　カエルだ！　僕を殺しに来たんだ‼」

叫ぶなり、本能的にカエルをつかんで払うように投げ飛ばした。

あまりに無我夢中でどこへ放り投げたかなどわかっていなかったが、その先には運悪く一人の上級生がいて、自分に向かって飛んできたものを、野生動物並みの反射神経でキャッチした。

ピチャッと。

嫌な音を立てて、カエルが彼の掌《てのひら》に納まる。

長身痩軀《そうく》。

底光りする青灰色《せいかいしょく》の瞳《ひとみ》。

長めの青黒髪を首の後ろでちょこんと結わえたその上級生は、握ったものを忌々《いまいま》しそうに見おろすと、あっさりそれを投げ出した。

それから、慌てた様子で散歩道のほうからやってきた下級生二人を睨みつける。

気づいた彼らが、その場でたたらを踏んだ。

「うわ、アシュレイだ」

「どうしよう。よりにもよって……」

そんなことを口々につぶやく彼らに対し、アシュレイが冷たく問いかける。

「俺にカエルを投げつけたのは、お前らか？」

顔を見合わせた二人は、ブルブルと首を横に振り、蒼白《そうはく》な顔で必死に弁解する。

「違う、というか、そうというか……」

「ご、ごめんなさい。でも、決して投げつけたわけではなく、急に肩にカエルが乗ったからびっくりしてほうり投げてしまったんです」

「本当です。僕もそばで見ていましたから」

「悪気はなかったんですけど、投げたのは事実だから、ごめんなさい。謝るから、もうこれ以上、呪《のろ》わないでください」

「……呪う？」

実際、「悪魔の申し子」という異名を持つアシュレイは、高価な魔術書を大量に自室に持ち込み、夜な夜な悪魔を呼び出す儀式をしていると噂《うわさ》されている。

それゆえ、無意識に「呪わないでください」という言葉がセルデンの口をついて出たのだろうが、アシュレイにしてみれば、いきなり変な言いがかりをつけられたも同然であった。

そこで、ひんやりと冷たい声で告げた。

「言っておくが、人を呪うにはそれなりの労力が必要なんだ。俺からすると、お前にその価値があるとは思えない」

それだけ言い残すと、彼らの前から立ち去った。

その後ろ姿を見送った二人は、アシュレイの姿が完全に視界から消えたところで、ようやく止めていた息を吐きだし、へなへなとその場にへたり込む。

「あ～、怖かった」

「うん。マジで、呪い殺されるかと思った」

それからマーランドを見やったセルデンが、「あの人に」と言う。

「呪われる怖さを思ったら、カエルの幽霊なんて、むしろ可愛《かわい》く思えてきたよ」

「たしかに」

そこでクスッと笑い合った二人は、立ち上がって歩きだす。その足取りは、ここに来るまでとはうって変わって、しっかりと大地を踏みしめる力強いものになっていた。

3

その日の夜。

ヴィクトリア寮にある自室のソファーに座って本を読んでいたアシュレイは、すぐ近くで「あの～、もしもし」と呼びかける奇妙な声を耳にして顔をあげた。

だが、そこには誰もいない。

そもそも、アシュレイの部屋に許可なく入ってくるような無謀な人間は、この学校に一人として存在しないはずであった。

そこで本に目を戻したところで、ふたたび呼びかけられる。

「だから、『あの～、もしもし』と言っているんですけど、聞こえてませんかね？」

今度は正確に声のしたほうに視線をやったアシュレイは、そこにおかしなものを見てしまう。

二本足で立つ、小さなカエルだ。

さらに二本の腕——あるいは、前脚——を器用に動かして身振り手振りをしている。

「ああ、やっと気づきましたね。よかった」

ホッとしたように胸に手を当ててから、そのカエルはさらにペラペラしゃべる。

「驚くことなかれ、私は、呪いのせいでこんな姿になってしまった妖精《ようせい》なんですが、私を掌で受け止めてくれた人間の願いを叶《かな》えることができれば、元の世界に戻れることになっています。だから、カエルを怖がっていそうな人間につきまとって、私を投げつけてくれる機会を窺《うかが》っていたら、ちょうど今日、そんな機会に恵まれまして。——つきましては、私を掌で受け止めてくださった貴方《あなた》様の願いを叶えるべく参上したわけですが、願い事はなんですか？　欲しいものを言ってください」

　多少の前置きはあったにしても、突然変なものが目の前に現れて願い事を言えと要求されたところで、「はい、そうですか」とすぐに受け入れられる人間は少ない。それは豪胆で怖いもの知らずのアシュレイであっても同じだったようで、黙ったまま、相手が脂汗を流すくらいじろじろ眺めた。

　ただ、さすが、臨機応変さにかけては右に出る者がいない彼は、ほどなくしてこの事態を受け入れると、たった一言。

「ソロモン王の指輪」

　欲しいものを告げた。

　二本足で立つカエルが、訊き返す。

「ソロモン王の指輪――？」

「そうだ。ソロモン王の指輪だ」

「そうですか。ソロモン王の指輪ねえ」

　それからしばらく、二本足で立つカエルとアシュレイの間に沈黙が落ちる。

　十秒。

　二十秒。

　ややあって、二本足で立つカエルが恐縮したように告白した。

「言い忘れていましたが、私に叶えられる願い事といえば、せいぜい薔薇《バラ》の花を一輪出すくらいで、それもかなり運が良ければの話――」

とたん、目にも留まらぬ速さでカエルをつかんだアシュレイが、そのまま部屋を出て行った。

4

同じ頃。

ユウリの部屋では、シモンとユウリが、日本茶と羊羹《ようかん》を前にして、夕食後の寛《くつろ》ぎの時間を謳歌《おうか》していた。

「――変な夢？」

日本茶をすすったシモンが澄んだ水色の瞳を向けて問い返し、ユウリが「そうなんだよ」と答える。

「このところずっと、セルデンが見るというカエルのことが気になっていて……」

「ああ。たしかに、君、ここしばらく、よく考え事をしていたね」

そのおかげで、監督生としての仕事に多少の支障が出ていたが、それはすべてシモンのほうで対処しておいた。

もちろん、ユウリには一言も告げずに、だ。

そんな甘やかしを認めてくれる人間もいれば、シモンの唯一の欠点として批判的に見ている一派もいたが、当のシモンが一向に気にしていないため、誰も表立って口にできずにいた。

シモンが、続きをうながす。

「それで、どんな夢を見たって？」

「それがさ」

クロモジの楊枝《ようじ》で羊羹を切り分けながらユウリが話そうとした、まさにその時だ。

部屋のドアが乱暴に開いて、アシュレイが姿を現した。

驚いたユウリが羊羹の皿を持ったままポカンとするのに対し、すぐに立ちあがったシモンが文句を言う。

「だから、アシュレイ。人の部屋に入ってくる時はノックくらい――」

そんな彼に向かい、アシュレイがなにかを投げつける。

反射的に受け止めてしまったシモンの掌にピシャッとなにかがぶつかる。

あまり好ましくない感触に対し、シモンが自分の掌に目を向けると、そこからずり落ちてテーブルの上に仰向けに伸びてしまったカエルの姿があった。

「うわ、大変だ」

羊羹の載ったお皿を置いたユウリが急いで席を立ち、陶器の小物入れに水を張って戻ってくる。

そこにカエルを入れてやると、ほどなくして生気を取り戻し、すいすいと平泳ぎをし始めた。そのまま側面まで辿《たど》り着《つ》いたところで登ろうとしたが登れず、ユウリが手でつまんで縁《ふち》に腰かけさせる。

その間にも、シモンがアシュレイに文句を言う。

「なんですか、いったい。こんなものを人に投げつけて――」

それに対し、まったく悪いと思っていない様子のアシュレイが、あっさり答える。

「選手交代だ」

「選手交代？」

なんのことかさっぱりわからずに訊き返したシモンに、「詳しいことは」とアシュレイが告げる。

「そいつがしゃべるだろう」

「そいつ」と言いながらアシュレイが顎《あご》で示したのは、器の縁にちょこんと座っているカエルで、シモンが眉《まゆ》をひそめて確認する。

「――しゃべる？」

「ああ」

「このカエルが？」

「そうだよ」

するると、疑わしげに視線をやったシモンに対し、器の縁のところで足を組むように座り直していたカエルが、腕――あるいは、前脚――を振りながら先ほどと同じことをしゃべり出す。

驚くシモンと、煙《けぶ》るような漆黒の瞳を向けて耳を傾けるユウリ。

聞き終わったところで、ユウリが感慨深げにつぶやいた。

「そうか。願い事ねえ……」

そのそばで、シモンがアシュレイに対して問い質す。

「状況はわかりましたが、だったら、わざわざ、僕とユウリの憩いの時間を邪魔しに来なくても、とっとと願い事を叶えてもらって事を終わらせたらいいじゃないですか。なんでそうしないんです？」

壁に肩をつけて寄りかかったアシュレイが、「だから」と主張する。

「言っただろう。選手交代だ」

「たしかに聞きましたけど、それだって意味がわからない」

眉をひそめて応じたシモンが、「まさか」と訊く。

「願い事を言って、なにか変なことが起きるのを恐れているわけではないですよね？」

アシュレイに限って絶対にあり得ないことを言うと、案の定、底光りする青灰色の瞳を剣呑《けんのん》に細めた彼が、「つべこべ言わず」と命令した。

「願い事をしてみろ」

アシュレイを相手に、これ以上言い合いを続けても不毛なことはわかっているため、肩をすくめたシモンが、無駄な時間を省くためにもひとまず願い事を口にする。ただし、そこに嫌みを入れることを忘れない。

「そうですね。願い事なんて、今のところさしてありませんが、強《し》いて言うなら、今後いっさい、アシュレイが僕とユウリの時間を邪魔しないことですかね。――叶えてもらえますか？」

すると、器の縁で両手――あるいは両前脚――を開いてみせたカエルが、「お伝えしたと思いますが」と言う。

「私は、はっきり『欲しいものはなんですか？』と付け足しましたよね？」

「欲しいもの？」

「はい。あまり複雑なことを叶えるのは苦手なもので……」

どうやら、願い事と言っても、今現在欲しいものを出すくらいしか、叶えてもらえないようである。

なんとなくアシュレイの意図がわかってきたシモンが、面倒くさそうに言う。

「それなら、そうだな。果物でも出してくれないか。イチゴとか林檎《リンゴ》とか。このあと、ユウリと食べるのにちょうどいいくらいの量で構わないから」

「……ちょうどいい量というと、イチゴ一粒とか？」

「一粒？」

訊き返したシモンが、呆《あき》れて言う。

「それしか、出せないということかい？」

別に欲張るつもりはないのだが、「願い事を叶える」と向こうから吹っかけてきた割にあまりに少ない成果を告げられたため、思わずそう訊いてしまったのだ。

「ふう」と溜め息をついたカエルが、認める。

「まあ、そうですね。それが無難かと」

「……無難」

繰り返したシモンが、本当に面倒くさくなって言う。

「まあ、なんでもいいよ。それで事が済むなら」

「わかりました。――では、ご覧《ろう》じあれ」

そう言ったカエルが、派手に右手――あるいは右前脚――を振ると、ポチャンと音を立てて水の中になにかが出現した。

シモンが覗きこむと、そこには赤いイチゴ――ストロベリーではなく、一粒のブルーべリーが浮いていた。

取り上げたシモンが、言う。

「どうやら、ベリー違いのようだね」

「あれ、変だな」

縁に座ったカエルが額に冷や汗をかきながら、「では、もう一度」と言って、ふたたび右手──あるいは右前脚──を振る。

すると、今度は一粒のブラックベリーが出現する。

その後も、ラズベリー、クランベリー、ハニーベリーと続くが、なかなか当初の目的であるイチゴが出現する気配はない。

天を仰いだシモンが言う。

「もういいよ。それで十分だから、僕らの前から消えてくれないか？」

とたん、非道なことを言われたように目を大きく見開いたカエルが、嘆願するように両手──あるいは両前脚──を組んで言う。

「まさか、それが貴方様の願いですか？　私に、この世界から消え失せろと？」

「いや」

シモンが、即座に否定する。

「そんなことは言ってないけど……」

ただ、この悪夢のような無意味な繰り返しに早く終止符を打ちたい。そのためには、どうすればいいのか。

寮生たちの引き起こす様々な問題にならば即座に対処できるシモンをもってしても、その正解がわからない。

するとし、しばらく考え込んでいたユウリが、横からカエルに訊いた。

「それなら、君の願いですか？」

「私の願いですか？」

「うん」

「そんなの、決まっているじゃないですか。この果てのない呪いを終わらせて、元いた場所に戻ることですよ」

「やっぱり、そうか」

納得したようにうなずいたユウリが、「シモン」と呼びかける。

「その願い事を口にしてみて」

「このカエルが、元いた場所に戻れるように──って？」

シモンが言ったとたん、器の縁にいたカエルがフッと消え失《う》せ、彼らのもとに正常な時空が戻ってくる。

永遠に続くように思えた徒労が、一気に解消した瞬間だ。しかも、あまりに簡単すぎて、ちょっと狐《キツネ》につままれたような気分になる展開だった。

そして、実際、「……へえ」と珍しく気の抜けたような声を出したシモンが、ユウリを見やって言う。

「なんか、化かされたような気がしないでもないけど、とにかく、本当に助かったよ、ユウリ」

「うん、よかった」

「だけど、どうして、あのカエルを追っ払う方法がわかったんだい？」

「それがさ」

ユウリが、苦笑を禁じ得ずに言う。

「さっきの話の続きになるんだけど、セルデンを悩ませているカエルのことを考えていたら、今朝方、夢を見たと言ったよね」

「うん」

「その際、誰が話しているかはわからなかったんだけど、その人物が、こんなことを言っていたんだ。——『まったく愚かしい。願掛《がんか》けがあべこべではないか。そんなんじゃ、あやつは永遠にこっちの世界に戻っては来られぬぞ』って」

「……願掛けがあべこべ」

「それで、もしかしたら、カエルが主張していた『掌で受け止めてくれた人間の願いを叶える』のではなく、『掌で受け止めてくれた人間に願いを叶えてもらう』が正しい呪いの解除方法なんじゃないかって思ったんだ」

「なるほどねえ」

納得するシモンに対し、壁からトンと肩を離したアシュレイが「バカバカしい」と一言つぶやいて部屋を出ていく。

その際、邪魔したことへのお詫《わ》びも挨拶《あいさつ》もなにもない。

それでも、居座られるよりはマシであり、すべての闖入者が消えたところで、ユウリがすっかり冷めてしまった日本茶を淹《い》れ直すために席を立つ。

至福の時間の再開だ。

そんな彼らのいるセント・ラファエロには、このようなおとぎ話めいた逸話が、掘り起こせばまだまだたくさん埋まっている。

あとがき

これを書いているのは九月の半ばなんですが、暑い。

週末には涼しくなるという予報は出ていて、そろそろ羽織りものなどを出してもいいかもしれないとは言われていますが、暑くて服に触りたくない。

ま〜、どうにもならないこの暑さ。

皆様は、いかがお過ごしでしょうか？

お久しぶりです、篠原美季《しのはらみき》です。

今回は『眠れる森の夢魔　英国妖異譚ＳＰＥＣＩＡＬ』ということで、ユウリやシモンのセント・ラファエロ時代の物語をお届けすることになりました。

それにしても、みんな、ピュア。

私も、こんなピュアな人たちに囲まれて生きたいです。――ああ、でも、私の小説を好きと言ってくださる方は、みなさん、ピュアですよね、きっと。

ふつうは、もっと嫌な人たちもたくさん出てきてグチャグチャするほうが面白がってもらえるのではないかと——。人間って、「シャーデンフロイデ（『他人の不幸は蜜《みつ》の味』に相当するドイツ語）」という感性の持ち主だそうですから。

多勢に反して、そういうのが苦手なのはピュアな証拠です。

あるいは、昨今流行の「繊細さん」？

誰に向けられたものであっても、嫌な感情がダイレクトに心に突き刺さるから苦手なんですよね。他人の悪口とかも大嫌い。自分のことではなくても、そこに流れているマイナスエネルギーがたまらなく気持ち悪いから。

うん、でも大丈夫。そんな自分を大事にしていれば、ユウリたちのように、自然とまわりに似たような人たちが集まってくるから。

類は友を呼ぶんです。

ピュアなエネルギー交換。

いいですよね。

これからも、そんな心の交流ができるような作品を目指し、日々精進していこうと改めて思いました。


ということで、今回も参考にさせていただいた本を挙げて、御礼の代わりとさせていただきます。これも一種のエネルギー交換ですね。恩恵を受けたら感謝する。当たり前だけど、忘れがち。

・『ヴィジュアル版　天国と地獄の百科　天使・悪魔・幻視者』ジョルダーノ・ベルティ著　竹山博英／柱本元彦訳　原書房
・『アクセサリーの歴史事典（上・下）』キャサリン・モリス・レスター／ベス・ヴィオラ・オーク著　古賀敬子訳　八坂書房
・『フランス文化誌事典』ジョルジュ・ビドー・ド・リール著　堀田郷弘／野池恵子訳　原書房
・『世界のお正月百科事典』ウィリアム・D・クランプ著　澤田治美監訳　石川久美子／大塚典子／児玉敦子訳　柊風舎

最後になりましたが、今回も素敵なイラストを描いてくださったかわい千草《ちぐさ》先生、並びにこの本を手に取って読んでくださったすべての方に多大なる感謝を捧《ささ》げます。
では、またお会いできることを祈って――。

秋らしくない秋の一日に　　篠原美季　拝

『眠れる森の夢魔　英国妖異譚SPECIAL』、いかがでしたか？

篠原《しのはら》美季《みき》先生、イラストのかわい千草《ちぐさ》先生への、みなさまのお便りをお待ちしております。

篠原美季先生のファンレターのあて先

〒112-8001　東京都文京区音羽2-12-21　講談社　講談社文庫出版部「篠原美季先生」係

かわい千草先生のファンレターのあて先

〒112-8001　東京都文京区音羽2-12-21　講談社　講談社文庫出版部「かわい千草先生」係

N.D.C.913　287p　15cm

篠原美季（しのはら・みき）
４月９日生まれ、Ｂ型。横浜市在住。
茶道とパワーストーンに心を癒《い》やされつつ相変わらずジム通いも欠かさない。
日々是好日実践中。

講談社X文庫

KODANSHA

white heart

眠《ねむ》れる森《もり》の夢魔《むま》　英国妖異譚《えいこくようい たん》SPECIAL《スペシャル》

篠原美季《しのはらみき》

●

2024年11月５日　第１刷発行

定価はカバーに表示してあります。

発行者——篠木和久
発行所——株式会社　講談社
東京都文京区音羽2-12-21 〒112-8001
電話　編集　03-5395-3510
販売　03-5395-5817
業務　03-5395-3615
本文印刷ー株式会社ＫＰＳプロダクツ
製本———株式会社国宝社
カバー印刷ー半七写真印刷工業株式会社
本文データ制作ー講談社デジタル製作
デザインー山口　馨

ISBN978-4-06-536834-3